天下文化
BELIEVE IN READING

用青春
換一場相逢

郭強生

目次

代序　Hello, Again／郭強生　4

輯I　用青春換一場相逢

此身　10
初萌　24
紅塵　38
無痕　60
寂夏　80
有影　108
猶原　126

輯 II　重逢總在悲歡之後

依舊　142
過境　162
何夕　178
古早　198
白首　214
浮光　230
陰晴　244

附錄一　寂寂長夏，悠悠晝午——我讀郭強生《用青春換一場相逢》／張瑞芬　264

附錄二　那天的陽光——懷念父親郭軔／郭強生　270

代序

Hello, Again

郭強生

二〇一八年在台北謀得新教職，終結了我將近三十年的宿舍人生。

從海外留學到東部教職，住的都是宿舍，已說不清哪個是因哪個是果，生活方式也就隨著沒有生根而一切從簡。母親過世後，很長一段時間，老家也成了另一個宿舍，來去總是蜻蜓點水。

留職停薪三年照顧父親，生活範圍變得更小，不出永和老家周邊的醫院超市藥房賣場。但我心裡明白，我終須得面對自己未來人生該如何安頓。單人成家，也至少要有一個地理上的棲放才能心安。

回到台北教書的第一年，成為我終於台北落戶的元年——即便，台北原本就是我成長的城市。開始用這樣的心情再度走在這座城市裡，觸目所及再也不是相同的風景。

終於多出了那些空暇時光，跟朋友問起那些當我們仍青春時，在台北一起去過而如今消失的地方。然而一直住在城裡的他們，因為記憶不斷更新的結果，對那些地方存在過的印象比我更模糊。反倒是曾經缺席過的，有時比在場的記得的更多。

我於是開始動筆寫下了這本集子裡的第一篇，從小直到我出國前的西門町電影街。

一旦動筆後，牽動起的記憶便不僅是一些街景地貌。

如果說從五歲到二十五歲出國念書，那是一個二十年，轉眼回國至今，又已是另一個二十年。回到同樣的地方，卻更加深了生命曾如此斷裂過的痕跡。

總是嘗試著用文字去補綴這些缺憾的我，這次將敘述口吻改成了「他」而非之前散文書寫時的「我」，便是由於從筆下很快感受到，此番的追尋充滿了不確定與未可知。

如果之前像是掏出懷中的珍藏擦亮撫拭，這回卻是由不得我選擇，必須再度與過往之不可追照面，也同時對當下的物是人非近距對看。

只能任由「他」開始穿梭漫遊，無法有預定的腳本計畫。跟著「他」的腳步，卻總在不經意間，在不起眼或蒙塵的角落裡，突然發現了自己人生改變的轉折。

原來，讓自己做出某些人生重大決定的真正緣由，並非三言兩語能說出的某樁事件，反而更像是因為空間環境中一些無法形容、但又揮之不去的某種心情的累積。事過境遷，那樣的心情卻在一些微小的縫隙中又被拾獲。

啊，那年的我其實是這個樣子的！

回憶二字成為動詞，從不是眼光定格某幀畫面，或從架上抽取某份存檔如此簡單。此刻的心與當年的情因回憶而產生激盪，我無法不對自己殘忍提問：後來的你，有沒有成為自己想成為的那個人？

照顧父親進入第九年，我真的開始相信，老人記憶中舊事歷歷並不是一種退化，反倒是因為意識清楚自己何以存在。一切都從開始想像自己將成為什麼樣的人而發生，所以那個源頭的自己才銘刻至深。

而我應當慶幸，有生之年還來得及記下年輕時，每一場的人生宛如初相見，到中年後的恍然明白，準備了大半生，原來為的就是能與自己再次相逢。

Hello, again。

也許都對彼此有一點小失望，但那不打緊，因為我們終於走在了共同的地圖上。

輯 I

用青春 換一場相逢

人生要走到哪一步，
才會終於甘心不再奢求？

此身

大學聯招放榜，考上了心目中的第一志願。一開始他還沒發現，自己不僅是班上僅占十分之一的少數男生，而且還是男生中更少數的台北本地生。

來自中南部以及僑生男同學們住宿舍，很快就形成了自己的一個小圈圈，似乎與他們一開始就有了距離。國小國中都是男女合班的他，跟女同學相處向來沒有訥澀不自在的問題。然而說不上來，感覺有些什麼地方，跟他以前所理解的女生就是不一樣了。

例如，電機系來邀請共同舉辦聖誕舞會，竟成了班會的重要討論事項。他們幾個男生完全沒有置喙餘地。

大學生涯的第一場舞會在女同學間激起了漣漪，也在他心中丟下一顆石子。聽到那空洞墜落的回聲，他接收到某種遺憾的預感，原本幻想中多采多姿的大學校園生活，似乎當場在眼前煙消雲散。

也許四年後他就會成為班上那種疏離的怪胎，他想。

少了高中時哥兒們在身邊掩護解圍，他如今猶如被放生般，突然不知要如何在這樣的性別生態中自立自強。

他意識到自己沒準備好，沒準備好要如何更陽剛，或更凸顯他與那些女生之間的區別。（他甚至還沒聽過「性別生態」這個術語！）最好的生存之道，或許，就是盡量避開躲遠。

一起去啊！班代這樣說。

才不去做電燈泡呢！竟然他想不出更好的回答。

舞禁賭禁仍未開放的當年，違法成了因陋就簡的最好藉口，同時也是奇妙的催化劑，教人更想要一探究竟。

懸疑持續到寒假來臨，終於有了一場由高中同學出面主辦的舞會，在師大附近，某個曲折窄巷中的地下室。他跟母親說：我要去參加舞會，給我兩百塊繳入場費。

母親反問道：你會跳布魯斯跟吉特巴嗎？

從小功課不需要大人操心的他，卻因多病養成了放學後不亂跑的習慣。小六時因為太不愛出門，母親還曾塞錢給一位同學，要對方帶他出門去玩。對於兒子人生中即將發生的第一場舞會，母親非但沒有惱色，臉上反倒浮現他至今難忘的喜出望外。

彷彿她聽到的是他在大聲宣告，準備邁向成為男人的第一步。

教舞興致被挑起的母親，認真地開始為他指點與示範：背要挺，肩要平，上身不要晃。男生負責帶舞，要有紳士風度，給女生留下好印象……

母親的熱烈支持讓他感到良心不安。

其實只是好奇，想去看看其他大學生口中的舞會是個什麼樣子罷了，他壓根兒沒有準備要邀女生共舞。或許跟高中同學一夥人瘋瘋癲癲亂扭一通還有可能。但是他怎麼可能開口跟她說實話？

（媽妳聽好，我並不值得妳這樣的喜悅與期盼——我不會在舞會上邂逅任何女生，也不會因為去過一場舞會就——）

那時，母親才剛經歷了第一次癌症開刀，還在復元中。

母親握起他的手，數起步伐的當下，似乎也明白那是她人生中最後的布魯斯。兒子大了，她也已感受到病老，然而那一支舞裡仍舊暗藏著太多回憶，那些曾屬於過她的青春，她的舞會，已盡在不言中。

他人生中的第一個舞伴，是自己的母親。

甚至沒有找來唱片播放音樂，母子倆就在客廳中央，一二三四，無聲地踩著彼此的心情。

舞會之日冷雨陰綿。在師大路龍泉街附近穿梭，好不容易才找到那個隱密的門牌。

一鑽進地下室就看到男生女生各自兩邊貼牆而坐。沒有特別布置的場地，一片晦暗朦朧是最簡單的氣氛配方。牆角有一大桶紅茶，還有一大疊黑膠唱片與藏身唱片後ＤＪ的手電筒不時一閃。

一九八三年流行的快舞叫做 New Wave，搖頭晃腦外，兩手還得比出食指，上下左右東戳西戳。

（當年在這座城裡，究竟有多少類似的場地在做學生舞會生意？）

後來回想，他的人生中有極大一部分時光，似乎總是處在一種外人看來是冷眼旁觀、用他自己的話來說是心有旁鶩的狀態中。

性向困擾到底是這一切的根源，還是說，只是到頭來最容易浮上檯面的一種解釋？

那種從小就熟悉的、往往突然來襲的抽離感，讓他總無法跟同年齡的小朋友一起忘我地打鬧。

大人說這小孩內向文靜，但是他知道，他並非排斥抗拒熱鬧，相反地，他會抱著期待，但卻又僅止於期待在場就好。

就讓他靜靜地感受著現場的一切，對細節的記憶他經常比其他人都更清晰。大家的記憶中也會有他，在團體中他從沒被認作是掃興人物。一切都只有短暫的當下，他知道。

他以為在舞會這種場合，自己依舊可以找到一個漂浮的位置。被他收藏起的這些當下，有朝一日它們或許將化為文字，到時候一定就可以為他此刻的惶然，提供某種解答。

十八歲的他對很多事都還沒有答案。

現場除了少數資深舞棍，其餘的看來多半也是首次參加舞會的新手。幾首快舞後才是第一輪的慢舞，男生下場邀舞的重頭戲上場。

格林．佛萊的〈誰是汝愛〉（*The One You Love*）前奏薩克斯風一響起，就有同學湊上來問：你要不要去邀對面那個穿白毛衣的？走氣質路線，很適合你。

正不知要如何推拖之際，另一個同屆不同班的男生走到他身邊：借我練一下舞好不好？不是很會跳布魯斯。

因為不算熟識，他有點驚訝地轉頭望著對方，發現那人並不像在開玩笑。

那傢伙身形精瘦，以前在學校時制服總是不合規定，喇叭褲管底下藏住一雙黑短靴，走路時鞋跟喀喀響，說起話來總像要找人幹架，年紀輕輕就已經一副菸嗓。

原來，那副吊兒郎當都是假裝？還以為他也是舞棍級的——

念頭才剛閃過，那人卻已經把他拽到身邊，環腰一抱。那麼粗線條地，彷彿在等著他們的不是一支慢舞，倒像是什麼兩人一組的趣味競賽，要面對著面一起啃蘋果的那種。

能夠完全不在意舞池裡還有其他人的眼光，那人究竟是太我行我素，還是根本就不明白，這樣的舉動可以有其他的意涵？

就這樣無措地滑進了另一個男生的懷中。不知道是因為對方的體溫偏高，還是自己的血液加速，感覺兩人之間的空氣密度與濕度都發生了改變。稠密而潮濕的熱感，正從一個人的手心，蠕滑到了另一個人的胸膛。

在性向知識幾近一片空白，出櫃二字還要十年後才家喻戶曉的彼時，所能找到最友善不帶恫嚇鄙視的專家說法，都強調同性相吸是成長過程的一個自然階段，不要擔心，它會過去。所以那時的他從不曾，也不敢真正放棄過，說不定自己會改變的這種想法。

只能繼續不動聲色，混在同學中傻笑，一邊淫談追馬子與打手槍，一邊掩飾著自己的不自在與心焦：為什麼還沒有遇到那個令人動心轉性的女生？再等等，也許明年——

（或者——？）

一開始只是機械性地隨著舞曲的節奏慢慢晃動。身高差不多的兩人，各自視線放空不看彼此，反更顯得刻意。

幾個小節過去，抓到了彼此的韻律感，他發現他的舞伴其實步伐很流暢，甚至還耍了幾招他不會的「墊拍」。

那人的手在他腰間微施力道，示意要他轉個三十度，兩人腳下若有輕波款款推移，之間的距離又推近了些。

你很好帶，說完那人迅速瞄了他一眼。

兩人終於目光相接。短暫的沉默中，他注意到一抹笑意在那人眼底漾開。那樣微眯的笑眼，是在期待他回應什麼呢？

謝謝，他說。

難道還需要多說什麼嗎？任何話語恐怕都會害他洩露太多。對了，也許，該問一下他考上了哪裡？怎麼現在才想到？不急，等下一首歌的時候⋯⋯

然後——他永遠記得那個「然後」。

他感覺對方很技巧地把他的身體推開了一點。

為什麼等到快跳完了才突然想要保持安全距離？明明不是生手，為什麼要找他「練舞」？

他的臉頰登時尷尬得火燙，羞赤的耳中再聽不見音樂，除了一堆問號在腦中如流彈掃射。被不知名的一股力量拖住，他感到自己正在墜落，就要一路跌進那已半開的潘朵拉之盒中。

不可能永遠當一個漂浮者。

身體的存在無法被抹消。自己的身體與另一具身體所釋放出的訊息，竟是如此混亂。一旦記憶存檔無法抹去，該如何面對今後萬一想靠近另一具身體時的情不自禁？

會不會在降落的那一瞬間，盒蓋立刻又戛然掩閉，把他關進了深黑的羞恥裡？

（也許，幸好？……）

歌曲已近尾聲，只剩下那該死的薩克斯風徐徐悽悽，吹亂一屋子轉眼間已灰飛煙滅的心跳。

此生唯一，幾乎可以說最接近舞會浪漫的時刻，最後就這樣在疑惑不安與節奏大亂中匆匆畫下句點。

〈誰是汝愛〉歌詞講的明明是男女三角戀的故事，那一日舞會上聽在他耳裡，不知怎麼地，卻像是某個歷盡滄桑的先行者在告訴自己，他們這種人未來的感情沒有任何世間套路，只有孤獨同行。

All the broken dreams（夢會破滅）
All the disappointments（失落有時）
Oh girl, what you're gonna do（你又奈何）
Your heart keeps saying it's just not fair（不管覺得多不公平）

But still you gotta make up your mind（逃不過最後必須做出決定）

多年後看到電影《費城》中，湯姆·漢克斯與安東尼奧·班德拉斯兩人一式海軍雪白制服共舞的那個畫面，他不自覺就紅了眼。那時就已經知道了，那樣的矜持含蓄，那樣的一支舞，沒有發生在應該發生的時候，便永遠只能遺留在他的期待裡。

不可能了。

那個喜歡穿喇叭褲和短靴的男孩，之後再也沒有遇見過。

他也會像他一樣，記得曾經的那一支舞嗎？至於舞會上還發生了什麼事，他已全無印象。

喔，不，他還記得這一件。就是當快舞時段又開始時，在那曲〈日本男孩〉〈*Japanese Boy*〉音樂聲中，跟自己賭氣似地，他朝那個穿白毛衣的女生走去。

舞池中，兩個身影隔著一個人的距離。從頭到尾他只是心有旁騖地扭動著。陰暗的光線中，他連女生的長相都沒看清楚。

後來他才想起，一直忘了問問班上的女同學，跟電機系的舞會怎麼樣？也像他參加過的那種，租的是隱匿亂巷中的地下室嗎？

當他回憶起那樣的舞會畫面，無法不心生一個奇異的幻想：每一間舞場其實都是外星人實驗室的喬裝，採集了滿滿的、他們當年傻傻的、初次釋放的、原始的費洛蒙。

初萌

高中時的他，日子過得還更像一個大學生。

讀的是校風開放與學生臭屁同樣出了名的高中，在當年是全台唯一的一所「國立的」中學，校園之大沒有一所高中能比，他們當時對外最愛炫耀的就是那句：「我們擁有全國最大的一片天空。」

那片天空確實讓他胡亂做了幾年的作家夢。高三模擬考在即，他竟還能瀟灑地跑去看第二屆金馬國際影展的楚浮專題。

同屆一千多人，當年還沒有招收女生，到了大學聯考填志願的時候，選擇報考乙組（文史）的總共就只有，區區三十一名。

那年頭男生選組要不理工要不醫農，退而求其次也該是法商，連同他在內的這三十一條好漢，究竟是無懼於那個年代的社會觀感，還是對未來出路的薪資懸殊毫無概念？

他想，自己大概是屬於後者。

沒有想要挑戰什麼，只不過當時已在聯副發表了兩篇小說，正在寫作的興頭上。愛好文藝的父母並沒有阻攔，只說：你將來得想辦法養活得了自己。對一個十七歲少年來說，這樣的一句話應該是過於抽象，說了也等於沒說。

他還想不到那麼遠。

當年是先填志願再考試，全國幾百個乙組科系，他總共就只填了二十四個。這樣一意孤行，讓人為他捏把冷汗。

這樣才叫「志願」吧？他反問：不喜歡的學校、不想念的科系，又為什麼要填呢？

高中過得夠任性，以為大學會是一個更廣闊世界的開始，會有更多的青春旖旎與逍遙，卻發現周遭的同學非常腳踏實地，嗅不到任何風花雪月。

第一學府果然不同，哪像他考進私大的高中同學，忙的是打麻將和泡妞。

然而大家似乎又太一本正經了些。他從高中養成了那種慢半拍調性，悶悶緩緩地，可以只為了想一篇小說的篇名，花一、兩個小時獨坐在操場邊的涼椅上。可現在，偌大的校園卻無法提供他安心沉思的角落，萬一被同學撞見問在幹嘛，他會不知該怎麼回答。

作家夢本就是一件難以與人分享的事，更不用說，萬一對方是那種會同意「作家都太多愁善感」的正常人？

大一印象中就這樣飄飄忽忽過去。除了那個稍縱即逝的學姐，沒有什麼特別讓人意外的插曲。

許多年後，他才聽上一屆另一位學姐說起，系上男生少，直屬若分到的是學弟都特別教人興奮。但是他的直屬學姐給他的第一印象就是拘謹，雖然從頭到尾都笑容可掬，可是離興奮還有一大段距離。

新生訓練的前一天，直屬學姐在校門口跟他約見。留著一頭半長不長的直髮，身穿一件白襯衫與米色A字裙，雲林還是嘉義女中的，面色素淨到近乎蠟黃。以為學姐會跟他分享一些系上的趣事，或是學校附近有些什麼好吃的小館，沒想到她只是交代了一些註冊與選課的事項，他們的會面就結束了。

開學後也沒有再聯絡。直到下學期開學他才聽說，學期末時，有天晚上學姐在宿舍裡突然行為怪異，在床上不停地跳躍，開心地叫喊著沒人懂得的胡言亂語。

（「你學姐精神失常了——」班上住宿舍的女生跑來告知：「她說自己是菩薩——」）

沙特在《嘔吐》中寫過這麼一句話：「那些教人難以置信的事，卻經常被孤獨的人碰上。」

他的大學生涯一開始，就由這位因身心失調而休學的學姐為他揭開序幕。聽到這個消息時他沒有太震驚，因為自己也仍在適應這個既不浪漫也不自由的新環境。

每天只是按表操課，大一必修學分多得讓人無法喘息。每逢週三，早上九點到晚上六點一整天滿堂，他連在高三時都沒活得這麼緊張。英文作文課的老師每堂小考，考的還是那種高中文法選擇題。另一位教文學作品讀法的老師，每次來上課時都明顯地帶著幾分酒意，後來還得要同學去老師家提醒上課了。將近一百二十個學生，必須分成兩班之外，還有十組按學號分出的小班會話聽講翻譯，任課老師五花八門，完全得看運氣分到了誰的班上。

要等到他大四時，學姐才終於復學。他跟她打招呼，顯然對方已記不得他是誰，禮貌的笑容中仍透露著一絲僵滯。

他向另外那一位羨慕可以帶到學弟的學姐打聽：我的直屬，她後來好嗎？有順利畢業嗎？這位學姐的反應滿是訝異：「有嗎？我們班上有這樣一位同學？」

那個寫作的夢想在大學四年不斷咬囓著他。原以為成了白先勇、王文興的學弟，等著他的會是如同當年《現代文學》創刊般的一場盛會。當發現一切並非如他所想，感覺就像突然一陣大浪襲來，溺水的預感沒有讓他恐懼，而是心有不甘：難道就這樣滅頂了？

殊不知，那只是寫作這條路上的入門考驗而已。

就算比他還孤僻的大學生，都不可能不注意到那個當下，時代正在悄悄改變。

大學附近的人行地下道裡，開始出現專賣大陸禁書的擺攤，巴金魯迅錢鍾書馬克思，過去從小到大不能提的名字，現在就這樣明目張膽開始販售。原本以為用不了幾天就會被取締送往綠島，如果這不叫顛覆判亂罪的話，什麼叫做顛覆判亂？

沒想到卻無風無雨，那攤子一擺就是好幾年過去，直到他出國前都還在。

（怎麼會有電視劇在演，民國七十幾年還有警總上門查扣匪書啦？）

才不過幾年前的斷交亡國感已經淡了，那些愛國淨化歌曲的電視節目就這樣消失了。大量的國外流行文化資訊，隨著盜版錄影帶的散布，將這座城市的面貌暗中偷換。

西門町萬年商業大樓一帶開始有「小原宿」之名遠播，中森明菜藥師丸澀柿子少年隊的海報處處可見。大型的電視牆成為百貨商場吸引人潮的法寶，從前只有耳聞過的美國ＭＴＶ頻道節目，如今也在年輕人聚集的街頭馬拉松式地放送。麥可・傑克遜的〈戰慄〉（*Thriller*），電影《閃舞》的主題曲〈真爽〉（*What A Feeling*），這些都不夠看，街頭上演的少年霹靂舞才更引人圍觀。

然後是，令他驚為天人的英式電音搖滾登場。

寵物店男孩、轟、杜蘭杜蘭、喬治男孩，迥異於美式的熱舞狂嘶，這些英國男孩個個俊美陰柔，耽美之風如驚蟄春雷，彷彿人間不過是場化裝舞會。

（那時真的以為，美麗新世界就快降臨了⋯⋯）

青春洋溢的動感敲擊著他的心頭，也刺痛著他心中不敢碰觸的一塊。畢竟那年他才十九歲，也會幻想著那樣的飛揚放縱。

孤獨或許可以帶來某種自由，只有一個人的時候，才能完全不必遮掩，無拘無束。孤單卻只是毫無創意的日復一日。

小美人魚寧以失聲的代價，換來可以上岸追愛的雙腳，但是他有什麼可以用來交換的？放棄他的作家夢，不正如小美人魚的再也無法言語？……

換還是不換？

孤獨是他熟悉的狀態，但孤單不是。

直到某日，他無意間在書店裡拾到一張奇怪的傳單。

密密麻麻人工手寫的A4影印，內容像是電影社的活動，但卻又太神祕了些，不僅有未來一週的放片場次，甚至每一部電影都有簡單的介紹。當年電檢制度下，太多的名片沒有在國內放映的可能，只能在《電影新潮》、《我們看不到的電影》、《坎城．威尼斯影展》這幾本與他同輩的文青必定熟悉的武功祕笈中，拾穗式地揀啄訊息並自行想像。

（什麼？他們要放映《午夜牛郎》、《納粹狂魔》、《愛情神話》、

《魂斷威尼斯》……）

位於汀州街（當年還不叫「路」）的金石堂書店樓上，這一方隱密的空間，名叫「跳蚤窩」。

藏身住商兩用的大樓，一間普通公寓的客廳空間，裡面排了十幾張座椅，收費一百五，一杯飲料兩部影片。

有學生也有社會人士出沒，都安靜地來，躡手躡腳地離開，不因為這裡是非正式的戲院而放肆。在這裡，他第一次親眼見到 Beta 錄放影機的廬山真面目，驚訝錄影帶如今可以輕巧如斯。

偶爾會滿座，但多數時候都是有位子的，顯然經營者並未想要大張旗鼓，走的是低調地下化路線。

出出進進好幾個月，卻從未在那裡碰到過認識的人，也不曾與其他人有過交談。到頭來，這地方給他的感覺更像是間禮拜堂。暫把俗世留在門外，把靈魂交到電影藝術之神的手上，並在心裡說出只有他們自己知道的告解。

很意外地，這樣一個地方讓他依然保有了孤獨，卻不必孤單。

只不過，當年畫質不佳的盜錄影帶，陽春的場地設備，遠比不上幾年後在南京東路上出現的「影廬」，採包廂式沙發配合立體音響雷射大碟，給了「藝術電影愛好者」一個高尚又時髦的身分。

或許，正因為彼時還不流行「藝術電影」這個名詞，在破窩裡那種簡單的滿足，像是點亮了他心口模糊的嚮往。

他知道，其實一直明明都知道，除了這個信奉頭銜地位的世界，一定還有另外一個世界，用藝術召喚出的，那個充滿著創意、勇氣，卻也孤獨、深邃的他方，正挑戰他敢不敢上路。

錄影帶店一家家開始出現。養病中的母親無法進電影院，家中終於自購了錄放影機。

一沒注意，那手寫的節目單就從生活中匿跡了。

曇花一現的祕密集會，來來去去始終是陌生人的他們，又各自回到了現實，消失在這座城市裡。

即使年過半百的今日，他仍記得第一次在「跳蚤窩」觀賞到由維斯康提所導演的《魂斷威尼斯》。

當電影中馬勒第五號交響曲幽幽流淌而出的那當下，年輕如他雖尚無法深刻理解主人翁踽踽獨行的悲傷與焦慮，但他以為，絕非如那些祕笈所言，這是有關對青春俊美肉身的慾望。

不，是關於悔恨。

功成名就而如今垂垂老矣的男主角，他悔恨一直沒有真正做自己。

大一時對同學們的最初觀察沒有太離譜，絕大多數的人並未因為課堂上讀到哪部經典，而對未來的人生有了不同的想像。三十多年後的大學同學會相見，大家關心的是他在哪裡任教？現在是正教授還是副教授？幾乎沒有人注意到這幾十年來他出版過哪些作品。甚至沒有閱讀過任何、當代的、知名的文學作品！

然後聽說他居然還沒有放棄寫作，他們的問題變成是：寫一本書可以賺多少錢？圖書館可以借得到嗎？你有想過把小說拍成電影嗎？……

太多時候在不得不出席的飯局上都會遭遇類似的尷尬。然而像那樣的應酬常是事先早有心理準備，忍一下也就過去。沒想到，大家同樣畢業於文組當年的第一志願，如今卻苦無共同話題。

反倒是在許多演講場合，他發現常有幾位熟面孔讀者總不辭奔波而來。他們總謙稱因並非文學院出身，自覺理工法商背景缺乏了人文素養，所以更想主動親近。

莫非文人相輕並非只有同行相忌？還是說，文科畢業總像帶著某種恥辱印記般，在就業市場上被標記為冷門科系之後，多數人紛紛轉換跑道，力拚一個專業頭銜，再不願被投報效率不高的文學閱讀拖累？

永遠像聯考填志願那樣，跟著一窩風擠進熱門科系就好，人生會不會比較簡單？

自認並非缺乏攀爬的能力眼光，可是總在需要鑽營廝殺的某個關鍵時刻，他又會突然想起，那個坐在操場邊木麻黃樹下的十七歲少年，那樣安靜，那麼篤定。

英國幽默作家艾倫・班奈特（Alan Bennett）曾如此形容寫作者的人生：「所有的壞事，若發生在一般人身上會比發生在作家身上來得糟，因為不管再怎麼糟，那些事對作家來說都是有用的材料。」

畢竟，一味只有鼓勵與肯定的環境，反而是不利於創作的，現在的他會如此看待那段摸索的歲月。

否則要如何確定，那真的是自己要的？

紅塵

起初，林森北路的夜生活還不在他的台北經驗範圍內，只知道林森與南京東路口上還存在著一大片違建。

二戰後的本地人再窮，頭上也還有個破屋頂；從大陸遷台的外省族群除了少數軍公教，幾乎都無安身之所。一部分人在中華路上搭起克難棚屋，後來都被安置住進新建的中華商場裡。

林森北路上的這一片破落戶，據說是蓋在日據時代的墓地上，住戶多半早就不是當年落難無家的外省同胞，下一代和未遷的墓碑共居也相安數十年。

然而隔個幾百公尺不到，就是台北歌舞昇平的夜生活中心，地下舞廳夜總會之外，還有一九八〇年代最火紅的餐廳秀場之一「太陽城」。

（陰陽同樂，台日一家，這裡的夜總會沒漏掉任何人。）

若以南京東路分成兩半，舞場酒店百貨公司聚集的北段，像是他二十歲時躊躇停泊的碼頭。而南段條通區裡老式的卡拉OK酒吧，則成了他五十歲以後笑看人生的避風港。反倒是台北同志文化初登場的聖地「Funky」，他人在國外沒有趕上它的顛峰時期，只有零碎的片段印象。

驀然回首，一條林森北路，他用了三十年才算走完，恰如那一條跌跌撞撞的自我認同之路。

停泊在當年的碼頭，望出去是一片無盡的青春浪頭翻滾，波光蔚藍有時，陰霾洶湧亦有時。

大二升大三的暑假，對於在漫漫夏日一個人無止境的遊蕩，他厭倦到接近絕望。直到發現，林森北路上那間名叫「水牛城」（Buffalo Town）的地下Pub兼Disco，如同石破天驚的一斧，讓沉悶痛苦的隱形盔甲出現縫裂，射出了一道妖魅青光。

𝄞

領他推開那扇神祕之門的，是大二時來到班上的幾位轉系生。

新鮮人第一年結束，原班級同學在經過一整年的排列組合與投石問路之後，不管是在班上或在社團，似乎終於都找到自己可立足的小團體，個個看來都忙得起勁。

不像他，下了課總是得趕著回家。

母親癌後尚在調理，結果又出現憂鬱加躁鬱的新病情，讓他無心朝可能的新生活伸探觸角。加入電影社也不過就出席了幾次聚會，聽著其他社員口裡左一聲高達右一句小津，他只覺得昏昏欲睡。

大學第一年就這麼漫無目標地過去，獨來獨往成了他的標誌。大二開學沒去參加班會，果然就發生慘劇，他被選為系上英語戲劇比賽的導演。班代說，西洋文學概論九十九分，中國文學史九十五分，不選你選誰？

西概九十九分（或許是）因為他竟敢在期末考試卷上，批評老師某道題目的自相矛盾；中國文學史則是不知天高地厚，在期末考時演繹起《詩經》傳統在張愛玲小說中的復活。

至於其他科目，拿到的都是垂頭喪氣的成績。

只讀他想讀的科目，說他想說的話。到底是孤獨引燃了他的叛逆？還是只有叛逆才能讓他繼續孤獨？

好在，還是能碰上有雅量的教授。約莫他們早就看多了，文學院裡總會養出像他這樣的男生，對這世界充滿了模糊不成熟的質疑。

未來不是大好就是大壞，不如就先讓他稍安勿躁，教授心想。於是又氣又好笑地，拿起紅筆批下一個讓他心虛的分數。

不管是那幾個轉系生在陌生的新環境裡東張西望時，先發現了有他這號人物，還是他的雷達先掃描到，班上突然多出了幾個騷動的熱點，接下來發生的事，都讓他不自覺的緊繃暫時有了（他以為）可以鬆懈的喘息。

在那個年代裡，沒有性別議題，只有長眼或不長眼，看不看得出誰的身上背滿著條條框框，或又是誰的背後有一把騷亂的火在暗燒。

來自哲學系的、政治系的、人類學系的，甚至還有農推系和地質系，不論男女，明顯都跟原來班上同學按部就班的氣質有著反差。

初識這幫人時他只是單純地這樣臆想：因為第一年念了不合志趣的科系，無心在課業上，所以他們才會有時間把自己打理得有型有款，才會蹺課去過那麼多台北的潮流餐廳，懂得那麼多他不知道的流行資訊。

才會看來都是那麼「雅痞」。

是的，Yuppie。一九八〇年代最流行的一個名詞，young urban professional，年輕都會白領族。

新自由主義經濟市場抬頭，傳統產業不敵新消費主義創造出的美麗願景，從紐約到巴黎，從東京到台北，商業管理創投顧問資訊電腦成為最夯行業，領帶西裝公事包的光鮮亮麗成為年輕人追求的主流。

曾經雅痞文化的望風披靡，讓全球的戰後嬰兒潮突然有了一個新的身分。

不，更像是拒絕任何身分。

我消費我存在，品牌先於本質。老人家說，萬貫家財不如一技在身，如今懂得品牌包裝才是新的求生絕技。

當年敦化南路上的ＩＲ餐廳，無疑就是台北雅痞文化的指標大本營。只有黑與白二色的空間，秋日疏疏淡淡幾道日光從大片落地窗中瀉淌而入，聚光燈似地打在插滿飛揚恣放天堂鳥花的半人高玻璃花器上。簡潔、明亮、卻又帶著某種說不出的頹廢。

挑高的屋頂前所未見地讓水管屋梁結構一覽無遺，都市空間的新概念從此影響深遠。

服務生一色年輕俊俏男性，白襯衫配黑領花，加一匹長度及地如沙龍裹身的黑色圍裙，修襯得個個修長窈窕。沒有人來此是為了解決民生問題。得到觀賞與被觀賞的樂趣才是目的。

像一座玻璃打造的音樂盒，走進音樂盒中就難逃心底的一根發條被慢慢絞緊，絞到青春都瘀傷，虛無都褪色，隨後便聽見微弱卻刺耳的音符流瀉而出，如同眾人集體所發出的意淫般的呻吟。

第一次跟著同學來此，他即被那樣的後現代風格驚呆，竟然台北也會出現這樣的店？更誇張的是，左手邊那桌坐的是張艾嘉與李宗盛，右邊那桌是導演虞戡平與藍心湄。

他更記得，自己曾如此茫然地看著菜單上從沒聽過的名詞：千層麵？提拉米蘇？卡布奇諾？酥皮濃湯？晴空蘇打？……

如果未來只能二選一，在新公園裡深夜猥瑣徘徊，還是在這樣的地方裝腔作勢，也許後者可以為他以空間換取到時間。

他還需要時間。

青少年時期熟悉的生活空間已在改變，玻璃帷幕大樓一棟棟冒出，馬路上的霓虹裡愈來愈多的英文字母，這個城市在脫胎換骨。

大家都在拭目以待，經濟起飛將會把我們帶向哪裡去？在這個不確定的時代，他又將往哪裡去？

這裡與跟高中老友西門町打混吃麵線喝酸梅湯，已經是兩個世界。

「找一天去 Buffalo Town 吧！」

在他導演的舞台劇中擔任男主角的 Peter 突然開口。P還因為這齣戲拿下了那一屆系上的最佳男主角。

有著男模身材卻總像沒睡醒的 David 聳聳肩：「我昨天才去過。」

Vivian 沒出聲，拿出粉盒，又開始研究自己是否需要去做個下巴整型。走到桌旁的男服務生一手背在身後，優雅地送上她點的氣泡酒。

一旁的他轉頭望向IR落地窗外的天空，台北的黃昏正悄悄降臨。

會吸引這群雅痞轉來外文系的並非那些西洋小說與詩歌。莫非只是因為系的名稱也符合某種雅痞的情調？他想。

不是科系的系，而是該被理解為日文裡所使用的那個「系」字。飯系麵系。搞笑系可愛系。外文系感覺上就很假掰。

或因家世背景常需隨父母出面應酬、或已被影視界網羅正蓄勢待發，他們總有更多私人的行程要忙，課堂上出現倒像是蜻蜓點水。

比起典型大學生們忙著上圖書館、投身社團、辦團康活動，他們並不在意學校成績或社團經驗能否為他們的前途鋪路，他們更相信的是自己與生俱來的魅力與見多識廣。

（那麼我又該相信什麼？）

感覺生命當下有比念書更重要的事，但又無法說出個所以然。即使連題目都還並不明確，但是他已經決定要找出那個答案，願意去嘗試任何以往所不知的途徑。

「Buffalo Town……那是什麼地方？」

像是對自己發問似地，說完，他小心地啜了一口卡布奇諾，並避免被奶泡沾到唇角。

當時沒有意識到，他在許多同學眼中似乎自信老成，其實他只不過是孤單久了，養成了某種對外人眼光的無感。並非被高估或錯認，而是顯然連他都不認識的某部分自己，已跑在經驗之前，寫在他的臉上。

或許是前世記憶裡的一份寡歡，還是基因中的某種不馴，卻在雅痞這個大背景的襯托之下，讓他成為日後許多人——不僅僅是他的大學同學——眼中另一種少見的典型。

總是純真卻又莫名滄桑，憂傷中又不乏一絲嘲諷。

即使之前從沒聽過「水牛城」，但從他第一晚走進那個地方，他的純真與滄桑便立刻停止了鬥嘴抬槓，彷彿對鏡瞥見了在另一個維度中的一對孿生，彼此如此相似，也各自殘缺寂寞。

（最適合它們和平共存的場景，莫非就是眼前這間煙霧迷漫的非法之地？）

一屋子氤氳與人影幢幢，空氣極差，冷氣不夠強，音響只有分貝而無身歷聲。他驚訝每個人都汗水淋漓卻甘之如飴，連他的雅痞同學們都不介意自己的花容凌亂。

發洩之必要。墮落之必要。

無所謂階級差異，沒有世代之分。不堪的祕密，對未來之不確定，在這裡都被一併下鍋熱炒，炒成面目全非，炒成魂不附體。

一九八四年的夏天。他知道這個畫面與這個年分，將被他永遠銘刻在記憶中。

國家尚在戒嚴時期，觀光簽證無門，連洋菸洋酒都還不能進口，眾人只有台啤與盜版的搖滾舞曲唱片，誰也沒資格笑誰老土，大家都是冒牌貨，只因為這樣一個美式的店名而創造出這個想像共同體，一個勉強符合西方風味的自由共和國。

（眾生平等，竟然要在不見天日的非法國度才得以實現……）

一旦合法就有了差別待遇，相同的慾望便有了不同的價位。在查禁私酒與鴉片的年代，紈褲子弟與地痞流氓都只能混跡同樣的酒館娼寮。因為害怕身敗名裂，黑人與白人只得打破種族隔離的禁忌，一起躲藏於地下同性戀酒吧尋求短暫的銷魂。

這才是真實的人間，他想。

被稱為落翅仔的年輕輟學妹妹，瘦伶伶連發育都還沒完全，就跟著江湖弟兄吃喝玩樂。同他一樣被非法營業這個特色所吸引的大學生，稚氣未脫卻自虐地營造著虛無主義的無力感。要不就是疲憊失意但求一醉的酒吧老屁股。或者，就是想來認識外國人的崇洋族。

喔，此地最不缺的就是流落在台北的異鄉人。

系上的兩位法國籍老師當晚也在場，看來雌雄不分，皆剃著短髮的一男一女。他上過他們的課，非常不滿他們用的什麼自然環境教學法，不教文法不背單字，就讓學生鴨子聽雷，主張的是聽久了就自然能開口。

上完第一學期就覺得荒謬，這裡是台灣，怎可能有每天聽得到法文的自然環境？新穎教學法中包藏了什麼優越心態？想轉班時，他的程度已經跟不上其他班上乖乖背單字的同學，只能繼續混完了必修學分。

他的同學們見到那兩個法國人都開心熱烈地上前招呼，只有他，別過頭去裝作不認識。

他沒看見什麼老師，只看見兩個喝醉的洋人。

（畢業後才聽說，那個法國男人睡了多少他教過的男生。）

可惜當年的他只看過電影版，還沒讀過《魂斷威尼斯》原著，不知道其中有著這麼一段話：

「激情是一種犯罪，跟日常生活的穩定秩序從不相容，激情樂見市民階層結構的瓦解，只有在混沌失序中才能茂盛煥發。」

日後當他讀到這裡，除了驚豔之外，記憶中在 Buffalo Town 消磨過的無數夏日午夜也會再度被喚醒。

原來這些文學作品在他生命中都早已安排了伏筆，等待著他來日的心領神會。

「那天 David 不是喝醉了，最後去睡我那兒？結果——」Vivian 說了一半，又轉頭去偷看了一眼舞池中的話題主角，正與 Peter 舞得盡興。

「結果怎樣？」

「我一直挑逗他，他竟然絲毫不為我的美色所動！」

他裝傻痴笑，但是警覺心即刻處於待命狀態。

「他是不是 gay？」

「你問我，我怎麼知道？」

暑假就快尾聲，眾人再次相約在 Buffalo Town。一整個夏天，他曾獨自多次來此，已習慣一個人安靜坐在角落，看著他人的狂歡。他想像著也許這裡有一篇還沒有被寫出來的小說，隱隱有某個低語不時在牽引著他：傷心時不要跳舞，傷心時不要跳舞……但那是什麼意思？

其實他更想反問V的是，妳還有懷疑過誰？在她說出那個字眼之前，他以為這個疑問在大夥之間，早過了有效期限。

「我以為妳比較喜歡我，妳竟然沒有挑逗過我，這讓我很受傷。」

V被他逗笑，暫時放過他，還是決定回去舞池對D繼續試探，留下他與P交往中的女友守著他們被空酒瓶占滿的小桌。

「其實——」兩人沉默了半晌，對方突然開口：「我跟 Peter 已經分手了。但是他教我不要說。」

「理由是？」

對方遲疑不語的那當下，舞池裡突然響起了寵物店男孩的那首〈西區女孩〉（*West End Girls*）。

他想起痞男主唱那一張俊秀卻不帶任何表情的冷漠臉孔，多希望自己能擁有那樣一張厭世的帥臉，好用來迎接那個呼之欲出的答案。

開學後他決定單獨約P見面，在學校附近的西餐廳。

事後才想到，他們這一夥人幾乎總是團體行動，是否這已讓看似不疑有他的P其實早就嚴陣以待，甚至完全誤會了他的用意？

他的苦悶需要有人來分擔，而他別無選擇，以為P會是唯一可靠的對象。他自以為表現出了惺惺相惜的義氣，不該知情對方祕密而不作聲，讓原本就已經被汙名化的身分再添上一筆陰險小氣。

在原先設想好的劇本中，至少，從此他不必再捕風捉影去蒐集那些隱晦的資訊，他可以有朋友帶他認識其他的朋友，而非單打獨鬥爛打誤撞。但是眼前的P，他以為的自己人，在聽完他約見的理由後，竟面露不耐與不屑。

（我知道你們分手的理由了……你的祕密不用擔心……因為，我也是。）

我也是。

不過就這麼簡單的三個字，卻是他懂事以來最難啟齒的痛。

接下來不僅沒有姐妹相認的淚眼以對，更沒有兄弟互挺的同仇敵愾。

停頓了幾秒後，他聽見P冷冷拋下一句：「**這是你自己的事，你跟我說幹嘛？**」

等回過神，他無法相信何以純真又滄桑的自己，竟會犯下這麼可悲又魯莽的錯誤。

也許P說得並沒有錯，這干他人底事？錯的是自己，偶開天眼覷紅塵，卻以為眼中只有自己一個可憐人。

往後的歲月，他再也不冀望任何人的認可，同時也不解他的同類為何一直企圖向異性戀索求包容與尊重，彷彿這世上沒有更多其他的受害者也有同樣的需求。

感謝P的羞辱，如同一巴掌將他打醒。連自己人都告訴他「這是你自己的事」了，到底誰的包容與尊重才算數？還不如一開始就不稀罕，活出自己的樣子不需要他人插手。

成為雅痞同志夜夜笙歌這條路就在一念之間任其荒廢。

經過了那個夏天，他焦躁多時的一顆心突然沉澱了下來，在大學最後一年裡，完成了他人生第一本短篇小說的結集。

但是 Buffalo Town 帶來的餘韻仍裊裊未散去。三十年後，他仍走在林森北路上，穿過南京東路，抵達另一頭。

總在忙完公事或應酬結束後，不想這麼早回家打開電腦，他就會找間在條通區熟悉的日式 gay bar，坐進那種有著長條吧檯的小小空間，點幾曲卡拉OK配上威士忌。

同志酒吧早如雨後春筍遍地開花，他卻從不喜東區總有型男爭豔的夜店，條通酒吧的古早路線讓他覺得才真正接地氣。

老地方散發出的是一種小老百姓的日常，讓他有居家放鬆之感。畢竟已到了懂得如何與自己共處的年紀。

客層年齡中年以上，大家坐在吧檯前安靜喝酒，偷吃劈腿的八卦留給初出茅廬的小傢伙去嚼舌。卻經常因為某人點唱的一曲老歌，勾起了身旁另個熟客的回憶，一開口便是：「喔那時候我才二十歲……」

熟客們都有他們偏愛的拿手歌路。

早年曾是鳳飛飛舞群之一的老男人，唱起鳳姐的歌，情不自禁擺手扭腰，當年的身段舞步仍沒有忘。

能把〈橘子紅了〉唱得如此真切深情的，是一位繼承家業的廟公。或是在老牌中餐廳服務近三十年的白髮T婆，最愛張信哲的〈不要對他說〉，低音男 key，唱的是她人生中一段段的坎坷……

三十餘年如一夢，此身猶在堪驚。

三教九流都需要這樣一個地方，他懂。

果真當年因為一個決然轉身，大學畢業後沒有留在台北成為廣告公司上班族，他就這麼一路走完了自己選擇的另一條路？

他自己都不敢置信。

一九八六年終於舞廳執照解禁，中泰賓館三樓的 KISS 大張旗鼓隆重開幕，雅痞玩家們再不屑林森北路地下舞廳的龍蛇雜處，KISS 的高檔聲光與耗資裝潢才是他們所期待的潮流認證。

看哪！魅力四射的我們！

能與經常在此出沒的當紅影星歌手摩肩擦踵，讓他們更相信自己和這個城市，已同時華麗變身。

一九八七年，美國菸酒正式開放進口。他在這年也果真寫出了一篇名為〈傷心時不要跳舞〉的小說，內容卻與那年夏日發生的事無關。

那是一個相較溫柔且純真的故事，關於兩個高中男生與一個落翅仔，在一個冬夜。

無痕

大學快畢業前，他注意到住在同樓層電梯旁的那一戶，進出的人好像又不一樣了。

七年前他們家搬進了這棟高樓公寓，當時在永和才剛開始出現這樣的電梯樓房。同樓的鄰居，軍公教各一家，每一家也都有年紀跟他差不多的孩子。電梯旁的那一間是最後入住的。人還沒搬進來，便已經大張旗鼓地先裝修，其他住戶每天經過，都可以從敞開的大門窺視到施工的進度。

雖然當時台灣經濟正漸漸起飛，但在永和這樣子的地方，一般家庭搬進新宅頂多只是添幾樣家具。像是曾經最流行的酒櫃，大家都愛玻璃夾層裡有燈飾的那種。

全新房子何需這樣費事裝潢？尤其是，還把屋子打扮成那樣子的風格？什麼風格呢？

當年才國中的他不知該怎麼形容。隨著即將完工，他看到的是屋頂上鑲嵌了大片黑鏡，客廳以藝術造型的銀色金屬垂簾當成屏風隔間，牆上貼的是黑底金花圖案的壁紙，配合了橢圓弧形的紅絲絨沙發。酒櫃當然是一定要的了，但是室內照明很罕見的，已經用的是軌道燈。

這還只是路過時能看得到的客廳部分，臥室又會怎麼個豪華法，還真無法想像。

這樣的客廳他從沒見過，沒有哪個同學家是長成這樣的——感覺上更像一間西餐廳？還是咖啡廳？

當然後來他就明白了，那種風格其實跟酒廊很類似。

竟然跟酒廊小姐當過鄰居，也算得上是一段成長的啟蒙。

許多人現在根本搞不清楚什麼是酒廊，什麼是酒店，讓他不知該原諒對方年紀太輕，還是該感慨自己上了年紀。

尤其是一齣在串流平台火紅的連續劇出現後，許多蹭熱度的人都一下子成了台北一九八〇年代的考古專家。「日式酒店」？不，那時候他們的說法是「日式酒廊」。

酒廊，顧名思義就是場地不會太大，走的是比較舒適精緻的路線。酒店，講究的是排場熱鬧奢華，如「花中花」、「金錢豹」那種。

他記得，鄰居究竟何許人還沒有現身，屋子的裝潢樣式便已讓大人們嗅出了一些端倪。

有次便聽見隔壁伯伯在電梯裡跟他母親說，唉呀，應該就是被日本人包養了。咱們樓裡的小孩子不少，對他們會有不好的影響吧？說完，還緊張地瞄了他一眼，彷彿他已經受到了汙染。

沒見過酒廊小姐，也看過社會新聞，未來小說家的因子大概正要萌芽，對這樣的話題他自是不會放過，默默一旁豎著耳朵偷聽。但他好奇的重點完全跟女色無關，隔壁伯伯可能完全沒想到。

讓他不解的是，大人怎麼光憑客廳外觀就能推斷，是被日本人包養的呢？

除了日本客之外，不會有別人。這個道理等他長大些就懂了。

一九八〇年代美國經濟正在走下坡，來台灣的美國人都小氣得很，不會有這種手筆。若要再考慮到那時台灣與美國斷交還不久，許多人都還沒放棄想辦法移民的逃生計畫，見到美國人恐怕倒貼都來不及。

需要一間公寓而非旅館，必定是來台次數非常頻繁，絕不會是那種一年只來出差幾次的歐美商務人士。只有與台灣距離最近的日本客才有這種需求。

更不用說，一九八〇年代的日本經濟與美國相反，正一飛沖天。年輕人哪裡知道，本土特種行業的興衰更迭，與當年台灣的外交處境息息相關，甚至可以說是唇齒相依呢？

在日式酒廊之前，是美軍酒吧。

越戰打得如火如荼，台灣對美國盟友最大的貢獻，就是提供了戰場上的美軍休假時一個可以買春放縱的樂園。

當年國家不僅外交處境不好，經濟建設也還在起步階段，說得好聽這是幫台灣賺進外匯，說得難聽，是以國家之名公然幹起皮條生意。

小時候他就曾聽到大人們在議論，說某某某政府裡有人，美軍一下船，全套行程都由他包了，結果後來這人還做了官！

在美軍酒吧裡上班的小姐，稱之為吧女。全島只要有港口的地方就有她們的身影，更不用說在首都台北。小時候他都還親眼見過，在中山北路上穿著美軍制服的洋人摟著女孩招搖過街。

有些吧女還真的碰到了純情大兵男孩，最後修成正果遠嫁美國。但他也聽說過更多悲慘際遇，有的生下了無父的私生子，甚至有的被美國大兵姦殺，政府卻對凶嫌無權審理。

跟美國斷交那年他已經國三，滿腔國仇家恨，想到從此美國人都撤走，再也不能把台灣女性當玩物，感覺非常痛快！

原以為這位酒廊上班的小姐會是什麼狐狸精樣的尤物，沒想到生得一張方臉，高顴矮鼻，講起話來聲音宏亮，剪了一個瀏海齊眉的妹妹頭，極其平凡一個女人，教他既驚訝也有些失望。

當時應該已出道有一段時間了，看不出實際年齡，總有個二十三、四吧？他上下學時間與她上下班時間永遠錯過，所以他始終沒機會見到，濃妝後的她是否判若兩人。

在那之前，他就已經見識過所謂特種行業的小姐了，不免會在心裡拿兩人做比較。

緣起是母親有位遠房的表哥，年輕時當兵隨了政府來到台灣，印象中脾氣很好，喜歡攝影跟玩音響，卻一直是光桿一個。

突然那一年，這位表舅愛上了一位舞女小姐。

不僅天天去舞廳捧她的場，還特別花錢去上課學交際舞，甚至在某次跨年夜，為了幫小姐做業績，買了許多張價格不菲的新年晚會入場券，自然也就把多出來的其中兩張送給了他的父母。

對方也果真慢慢接受了表舅的追求，母親當然樂見其成，畢竟表舅當時都四十好幾了。為了讓零丁孤身的他看起來也有親友勢力，能幫得上的忙就是邀兩人來家裡玩。

這便是他第一次親眼所見，會讓男人成了火山孝子的女人。瘦瘦白白的，苗條身材，不太愛說話。禮數是懂得的，吃完飯幫著洗碗，很有點準備入門當媳婦的味道。

拍拖了兩年，沒想到那位小姐最後無預警地與別人結了婚。

他永遠記得，總是嘻嘻哈哈的表舅那次在他們家痛哭流涕，一會兒說要尋死，一會兒說要投共，他寧願死在老家也不要一個人繼續這樣過，跟老蔣來台灣根本是上了賊船……

整件事鬧了大半年，父母也幫著出面調停，對方說自己從來沒嫌過表舅沒什麼錢，只是覺得他年紀太大……直到有人趕緊替表舅物色到一個理想適婚對象，事件才告一個段落。

自己年過四十後才終於懂得，像他表舅這種從大陸漂泊來台的光桿何其孤單寂寞。

只是不知道，那位舞小姐究竟算是表舅生命中的劫數呢？還是幸好有過這麼一段，才讓表舅總算終結了拖延太久的浪漫少年時？

多年後他也曾這麼胡思亂想過：如果表舅當年遇到的是他們老家的那位鄰居小姐，會不會就皆大歡喜了？

還是說，只有對或不對的時間，沒有該或不該愛的人？

打從一開始，鄰居小姐讓他印象深刻的就不是外貌，而是她攏絡人心的手法。

搬進來的第一晚，她便一張素顏一襲睡袍，主動挨家挨戶按門鈴拜訪。甚至也不刻意掩飾，送上伴手禮時不忘加上說明：「這是我日本朋友帶來的他們家鄉特產，非常美味的魚乾，煮湯放幾片就很鮮美喔！」

以後左鄰右舍就都知道了，鄰居小姐家門口的鞋櫃上，如果出現了高檔的漆皮男鞋，那就表示她的日本人來台灣了。

記不得是否跟她的阿娜答打過照面，那個日本人長什麼樣他早已遺忘。倒是印象中鄰居小姐總是忙進忙出的，似乎十分滿意自己的生活。用現在的話來說，頗為陽光正向，看不出一點哀怨自憐的味道。

她不可能不知道，左鄰右舍總有人在她背後指指點點。

他看在眼裡，不曉得她那種旁若無人，究竟是屬於勞動者的一種敬業，還是因為她經歷過更不堪的已經麻痺？

風塵打滾的女人一定有她的故事，他這麼相信。

之後她會主動找母親聊天，他並不感到意外。曾經差點他就會有一位「洗淨鉛華」的表舅媽呢！哪一家對她的工作沒有潔癖排斥，以鄰居小姐的世故一定不難察覺。

母親有時會轉述鄰居小姐跟她聊天的內容，他反倒覺得母親的同情心也太氾濫了，像是覺得她也很辛苦，去酒廊上班是因為家裡兄弟姐妹多，未來想要幫助他們念大學……什麼什麼的，他只覺得這個劇情實在太俗爛，還反笑過自己母親：她這樣子說妳也信喔？

母親說，也不簡單了一個女人家，如果姿色條件再好一點，應該就會在台北弄到一間房，而不是我們這裡。

早年母親曾在一間規模很大的商業機構負責國外保險業務，常聽到公司裡跑國際業務的說，拚國外訂單大家都使盡渾身解數，最後成敗的關鍵，往往要看業務有無一位跟他搭配無間的酒家小姐。

吧女、舞女、酒家女，術業各有專攻。酒家文化可遠溯日據時代大稻埕，好酒好菜再招來美女陪侍，是政商必要的交際暖身。侍應生兼陪睡，後來就成了大家口中的酒家女。

台北老式酒家沒落之後，業者看中以溫泉聞名的北投旅社林立，方便集酒色於一爐，於是大舉轉向來此，造就了在廢娼政策實施之前，島上曾經名揚四海的情色產業。

在美軍酒吧與日式酒廊兩個時代之間，還有一九七〇年代的北投酒家，對台灣的經濟也是功不可沒。

國外買主抵達台灣一下飛機，業務接了人便立刻往北投送。千萬不能讓買主有機會跟其他公司有接觸，惡性競爭殺價搶客可是常態。

幹業務的豈有那個本事，把買家二十四小時拴在身邊？接下來只能靠才貌雙全、既有手腕又體貼溫柔的酒家小姐，由她們把買主伺候得服服貼貼，在溫泉鄉待到樂不思蜀，直到上飛機前。

紅牌酒家小姐就是有這個本事，業務經理逢年過節都要親自上門，跟這些小姐送禮磕頭。訂單拿不拿得到，有時全得看小姐的臉色。

有些小姐後來乾脆自己成立了貿易公司，母親說。

所以，你別小看我們旁邊這位酒廊小姐，絕對也不是省油的燈。

鄰居小姐的存在，漸漸地也讓其他住戶開始見怪不怪，只不過她真正的底細還是沒有人摸得清楚。

就這樣大家相安無事了四、五年，直到有人注意到，她的門口已經很久沒有停放高檔的男鞋了。

是年華老去被嫌了嗎？他心裡還曾很刻薄地這樣猜測。

那年他大二，某次偶然共乘電梯，已經更像一位「大姐」而非「小姐」的她，意外地跟他搭訕起來：你在念台大喔？什麼系的？……我小妹也是國立大學的，念法律。

也許是電影小說看太多了，一開始他甚至懷疑此話的真假。國立大學法律系的？最好是啦。

人生有時還真的就像連續劇那樣俗不可耐。那樣的劇情有人看，是因為人世間不是沒有那樣的故事。

鄰居小姐的改變讓他第一次理解到，對許多人來說，若是家境貧困又沒有學歷，翻身的途徑其實很有限，的確也不過就像連續劇裡演的那幾種。

鄰居小姐家裡果然不久之後多了一位女孩。如果姐姐的姿色普通，那麼妹妹就更平庸無奇了，瘦瘦小小一個，清湯掛麵的。

笑貧不笑娼，這句話其實有問題，他想。好像只要下海了就一定撈得到錢，把做這一行也想得太簡單了。

父母不是那種老古板，對他的教育方式很開明，像他國中時就在看白先勇的《臺北人》，他們發現後並沒有大驚小怪地禁止。

這些年在大學課堂上教小說課時，他經常會選那篇〈金大班的最後一夜〉，結果讓他很訝異，現在的年輕人讀不太懂了，以為那女人愛慕虛榮，最後為錢下嫁了一個老頭兒。

他們還年輕不會明白，在那樣的時代，淪落風塵最後要能脫身上岸，不是光靠錢與男人就辦得到的。

小說中金大班在上海的幾個姐妹淘，早早都釣到了有錢男人嫁了。結果台北重逢，一個胖得認不出，坐在老公家的綢緞莊櫃台數錢，一個成了成天吃齋唸經的大佛婆。

他問課堂上的小朋友，相形之下，金大班的境遇真不如她們嗎？小朋友們一個個瞪大了眼，說不出個所以然。

婚姻幸福的女人，會躲進佛堂裡尋求平靜嗎？

胖到走樣，只能靠坐在櫃台以老闆娘自居，逮到機會就要酸人幾句，這樣的人內心自足安穩嗎？

漂泊的人生，金兆麗這個女人太理解。船員男友雖有真心但還太年輕，未來需要的是一個能跟他養兒育女的妻子。這不是她能給的。若真愛他，就不要剝奪了他還能擁有這樣幸福的機會。

畢竟這麼多年靠著自己，她也活了下來。一生閱人無數，被辜負過也辜負過人，終於給她遇到了一個可以老來作伴的男人。論財富比不上她以前有過的相好，但對方的老實勤儉都看在她眼裡。

那些鏡花水月的聚散就放手了吧，不放也只是繼續拖磨。

人生要走到哪一步，才會終於甘心不再奢求？

遺憾總是難免，人生總要向前看，道理說起來不難，卻非得要在感情路上跌過幾跤後，他才真正記住了，千萬別被自己的不甘心絆倒。

不是因為希望下一個會更好，所以才要放過自己。

他覺得應該是，如果不明白自己為什麼不甘心，同樣地也就不會懂得，什麼才是更好。

鄰居小姐似乎就很明白什麼叫做更好，該放手的時候，也立刻看見什麼才是抓得住的。

日本人走了，妹妹搬來了。在電梯裡遇到的時候，他還偷瞄了一下人家手上抱的書，民法概要什麼的一大本。

沒多久，就看見姐姐在白天裡出沒得更頻繁，日夜顛倒的生活成為過往。不時還看見她背著一大袋高爾夫球具出門，過得健康自在。

也就是在這時候，他注意到除了兩姐妹外，那屋子裡還多了別人進出。

那男人皮膚黝黑，雖然不高，卻是運動員型的結實體型，有點鄉土氣，穿著除了鱷魚牌運動T恤還是運動T恤。

一起去打球啊？母親看見兩人都背著高爾夫球具準備搭電梯，跟他們打招呼。鄰居小姐起初還有點靦腆：嗳。

想了一下又補上那句：他是教高爾夫球的。

那意思就是，不是新的客戶喔，是我男友。

她那套球具搞不好還是以前日本人留下來的，母親後來這麼說。日本人愛打高爾夫她也陪著消遣，結果現在還真靠它吃飯了。做那行的退下來，多半也沒什麼其他一技之長，也真難為她了。

那是不是反而不要念太多書，學了太多東西到時候反而一事無成？他曾想這樣調侃回去。

但他不得不承認，鄰居小姐最後能有這樣的歸宿，遠超過他曾有的想像。這回沒有什麼人老珠黃、遇人不淑的狗血戲碼，鄉土悲情劇最後成了勵志教育片。不用嫁給什麼有錢人，能有一個人跟自己一起奮鬥，就夠了。

算一算，那年她應該也有三十四、五，重新來過，在高爾夫球場從基礎幹起，尋到了自己的一片天。

所有的過去沒有留下任何痕跡，之後搬進來的鄰居，也只認得七樓有一對都在做高爾夫球教練的夫妻。兩個人都曬得黑黑的，平日也都是一身簡單的運動衣褲，夫唱婦隨，很實在很幸福。

也許應該說婦唱夫隨，他想。

這一切應該都早在鄰居小姐的人生計畫中。存夠了錢就洗手不幹，找一個簡單踏實的男人。甚至，還把小妹送進了地方法院，成了助理檢察官。

若干年後，等到他念完書回國，老家樓裡的鄰居有一半都不認得了。包括他們七樓電梯口那間，也已經轉賣他人。

他最後聽到的消息是，小兩口遇到了金主，投資他們去上海經營一座高爾夫球場。

那是千禧年之初，台灣經濟尚在高點。愛拚的人不會沒有機會。

倒是台北夜生活比他出國前更加多采多姿，多出了一堆什麼制服店、禮服店、便服店、鴨店、第三性公關店……

一九八〇年代的台北酒廊一頁，也就這麼船過水無痕地翻過了。

寂夏

那年夏天，在大學畢業前，他將自己的短篇小說集匆匆付梓，找了一間很小的出版社（印的多是教科書一類的），目的不過就是藉此告別青春的混亂徬徨，做個階段性了結。

在那個年代，大學畢了業就該獨立，沒有繼續念研究所的打算，那就準備踏入社會，自食其力。從高中開始已經寫了這些年，他無法不對自己承認，已經走到了一個瓶頸，改變一下生活當當上班族，不見得就是壞事。

但是他能做什麼呢？外文系男生當年最好的出路之一是考華航當空少，但是他身高不夠。

要不就進媒體。可是只有三家大報三個無線頻道的時代，他去某家電視台考完第二關才赫然發現，許多應試者早就做好鋪路，當過幾年的實習生了。滿腦子只在想著寫小說的他，完全沒有這種現實感，落榜也是意料之中。

在等畢業典禮的那段空檔，他去看了達斯汀・霍夫曼主演的那部《畢業生》。從專映二輪片的永和美麗華戲院出來，碰上夏日黃昏的一場傾盆大雨。沒有帶傘的他，躲進騎樓仍被雨花噴濺了半身濕，好像清醒了，又好像陷入一種疲憊的憂傷。

賽門與葛芳柯為電影所做的歌曲還在耳中縈迴，沒看電影之前就已耳熟能詳的〈沉默之聲〉（*The Sound of Silence*）。覺得自己所處的時代沉默壓抑的年輕人何其多，也不過就是另一個少年維特的版本，他想。這樣的心情並無法證明自己有什麼不凡。

他想到那些擠滿紐約中央公園，在台下聽二重唱露天演唱會的十幾萬歌迷，在聽完〈沉默之聲〉後，他們又為自己做了什麼呢？

那個當下他決定，去把舊稿整理整理，如果，萬一，從此不再提筆了，至少他還留下了一本短篇小說集，證明自己曾經真的嘗試過，也努力過。

畢業典禮的前一晚，他還趕著去參加了一家廣告公司面試，考題是為某個葡萄乾產品設計文案。結束之後，搭著公車在台北慢慢晃，對第二天的畢業典禮沒有任何興奮或期待，整個就是前途茫茫的感覺。

等書印出來，我就會好好地開始上班賺錢，他跟自己說。

那年頭的書籍製作與手工業無異。打字行小姐叭達叭達插秧似地，一個字一個字栽種，之後取回厚厚一疊完稿校對，有錯字就用剪貼，然後一張張拍照起來製成版。

在校稿的時候，他心裡甚至浮起一個更決絕的念頭：何不斷得更徹底一些，乾脆找一個離開台北的工作？

四年前大學聯考一放榜，母親就住進了醫院，接下來的幾年一直無法正常進食，枯瘦之外還出現當年第一次聽說的躁鬱症。他後來常想，如果母親早半年發現罹癌，他的聯考衝刺肯定一敗塗地。

老天雖給了時差保庇，他的大學四年卻仍過得顛躓，最大的收穫是接觸了舞台劇，隨著從耶魯來的美國交換教授好好讀了幾個劇本。但是他心知肚明，跟寫作比起來，把舞台劇當飯吃豈不還更虛無縹緲？

既然母親的身體已經改善許多，也許這是他該好好沉澱一下的時候。最後只剩下兩個機會，是留在台北進入廣告公司上班，還是去台中一間鄉下的私立中學教英文？

日本國民詩人谷川俊太郎一首名為〈夏天來了〉的小詩，其中有這麼幾句，正是他當年心情的寫照：

每當夏天來到總會想起出生時的一絲不掛
既冷且熱　既害怕又愉快
可能還有點自暴自棄也說不定

果然一絲不掛般地清爽，拖著一個小行李箱就去了台中。應聘之前他就已耳聞，這間在中部升學率極好的學校，老師壓力大是出了名的。第一晚住進由教室改裝，用三夾板隔出的一間間男老師宿舍房，發現左鄰右舍也多是像他一樣的社會新鮮人。面對這樣久違了的團體生活，他有了一種奇特的放心。

我跟這些大男孩們沒什麼不同，所以也沒什麼好擔心的，他想。

孤單的日子著實也過得太久，他現在可以有一個全新的面目加入這個團體，什麼校園才子、十大才藝學生獲獎……這些轉瞬間已毫無意義。每天從早自習開始到晚自習結束，回到宿舍，同事們互相串串門子，發薪日就一起去吃消夜，這樣的日子一點也不難。

帶一班初一導師，同時教一班高一，還有一班汽修科與一班夜補校美髮科，果然被操得很凶。到底那時他還年輕，可以跟自己說，我做得到！他的老同學們沒有一個不驚訝，他竟然就這樣切斷了台北。

事隔這麼多年，每當想起住在那簡陋教員宿舍裡的時光，他都還能聽到從那個物理老師房間傳來的王芷蕾，同一首歌被他重複放了又放：迷惑的心四處張望，不見熾熱的胸膛，多情的淚縱然溫暖，暖不了黑夜長長⋯⋯

歌名叫做〈冷冷的夏〉。他一直沒問過那個一口齙牙的男生，是因為這個歌詞嗎？還是因為她的歌聲？為什麼永遠都是這一首？

更奇怪的是，其他人也都沒有抱怨，常常十幾個男生就一邊改著作業，整晚一起聽著同樣一首歌。好似他們來到這個鄉下中學相遇共事，都有著不想明說的理由。

夏天過去了。

秋高氣爽的台中（當年沒有火力發電廠），是全台氣候最宜人的城市。也沒有太多的高樓與重劃區，於是占地寬敞的庭園咖啡店開始流行，成了城市特色，一種台北人難以想像的空間奢侈。

初一的小男生們，換季後的新制服是西裝外套加領帶，一個個成了小紳士模樣。男生班通常都是數學強過英文，他帶的這一班也真奇怪，月考英文成績竟經常比女生班還好。

別班老師來監考，事後像發現了新大陸似地跑來跟他說：你們班上的同學，他們在寫考卷的時候，那個神情都跟你好像喔——

偶有回台北的時候，週六傍晚到，第二天吃完晚飯就走，去台北西站搭國光號客運。

夜裡行車，在熄燈的車廂內，他戴起隨身聽耳機，看著車窗外高速公路上一盞盞橙黃路燈沿途快速被拋飛，像是來不及跟他說聲什麼就被大浪襲捲。

出版社老闆說，賣完了，還要再印嗎？老闆為此很苦惱：再印個五百本，你就把版權拿回去吧，打字稿都送你不要錢。金石堂每週都來叫書，我們主要做教科書生意，直接跟學校聯絡，沒有那個人力幫你這樣一直補書啦！

這樣是好，還是不好呢？他不知道。

那間剛因出版了《海水正藍》而異軍突起的新出版社，要編一本校園作家小說合集，打算收入他短篇集子中的一篇〈最後一次初戀〉。

當年的轉載費是多少已不可考。隨後這本合集就一直在暢銷排行榜上。這樣是好，還是不好呢？

每回在台北短暫停留，他不與任何人聯絡。陪陪父母之餘，頂多有時會去火車站前，一間叫FM流行頻道的商場二樓咖啡座，一個下午獨自坐看馬路上的來往人群車流。想到接下來學生們也要開始面對聯考了，不可能永遠像一年級的時候一樣，可以教他們唱英文歌，跟他們一起看小熊維尼的卡通笑得前仰後合，他心中微微漾起不安。

年輕孩子們的變化多麼快啊！

初一小毛頭都悄悄在竄長，到了明年，有幾個的身高肯定都將超越他，甚至現在就看得見，他們的唇邊已開始有細如蕨毛的軟鬚出現。

高中部都是男女合班，他也看得出誰與誰已在暗通款曲。雖然不是他們的導師，但是他把其中幾個男生叫到身邊，只跟他們交代一句：要懂得保護女生，做得到嗎？

他自己接下來又會有什麼樣的變化呢？會成為那種堂堂小考，藤條不離手的升學班王牌老師嗎？

隔著忠孝西路，他望向對街的金石堂與哈帝漢堡，再過去是中央日報大樓，當時不可能想像得到，變化每分每秒都在發生，這幅街景一年後就會永遠消失。

那一晚，從台北回到台中，下了國光號再轉客運，回到學校已經十一點多。十二月夜裡氣溫驟降，他回到自己的小房間，拿出電壺煮水，讓水蒸汽驅散初冬的寒氣。

然後他坐到小書桌前，攤開了稿紙。

古人囊螢映雪，他這是煮水挑燈。熬了四個通宵，顧不得第二天七點的早自習，以為自己再也寫不出東西了，卻在停筆一年多後完成了一篇小說〈掏出你的手帕〉。投稿出去，通訊留的是台北的家，連退稿回郵信封都沒附，心想主編不用就直接丟垃圾桶也罷。

寄出去三天後，母親打電話到教員辦公室，說報社副刊有人想請他吃飯見面。我們還以為是個中年人寫的，文筆相當老辣！主編說。沒想到你還這麼年輕，就能把廣告公司與商場的氛圍掌握得這麼好。

他本想回答，除了去廣告公司應徵過工作，其他都是想像的，但他只是害羞地笑了笑。

不能說沒有掙扎。現在的生活也是他全心投入才經營出的成果，如果就半途放棄，這樣是好，還是不好呢？

但這是從高中畢業後，第一次他感覺離成為一個作家又靠近了一步。

但是他答應過母親，他一定可以養活自己。

這是他的作品第二次以新銳推薦的特別版面發表了，不可能再當第三次文壇新人了。

在夏至來臨前，他遞出了辭呈，回到台北的理由如此理直氣壯，卻也顯得如此無辜與卑微。

他說，他想再寫一本書。

說不定其實一輩子只有一次夏天
每次夏天來時都夢想這次就是了

谷川俊太郎接下去如此說道。

一如三個月後，坐在已消失的永康街麥當勞的他，同樣也感受到詩句裡那種期待、挫折與寂寞，如今正交纏起伏煎熬著他。

夏天總是帶來心情上難以形容的搔弄，但是他已經開始懷疑，這樣的一種預感，是否只是青春即將逾期過時的前兆。

他甚至開始質疑，就算再寫出一本書來又有何意義，如果一輩子真正屬於他的夏天「只有一次」的話？

更何況他的寫作不斷在觸礁。是好運用完了嗎？一封封退稿信他連打開都懶得。

但是更令他驚惶的是，他現在成了一個沒有工作能力的人。

七月時應徵到一份出版社的工作，每天早上轉兩趟公車八點半打卡，坐進六個人接下來一整天面對面沒有隔板的小辦公室，沒事可做也得在眾目之前找出一些事來做，削鉛筆，剪報紙上的文章，假裝研究上一季的出版目錄，好不容易熬到下午五點半，卻沒有人下班離開。

對於其他同事來說，公司會提供午餐彷彿是這份工作讓他們最滿足的時刻。隨著他們在小廚房裡排隊打飯，然後回到自己桌前，與大家面對面進食，然後看著其他人洗完餐具，安然趴在桌上開始半個小時的午睡。那樣的畫面讓他感覺有種說不出來的荒謬。

一個禮拜之後他就辭職了。然後去應徵一間唱片公司的企劃文案，面試還沒結束就被拒絕。

也許他不適合辦公室的朝九晚五，他想，那至少教英文他很拿手，而且已經有過實戰經驗證明。

補習班讓他先在高三重考班試教看看，模擬考剛結束，就來幫他們解題吧。他認真地準備，把每題中用到的文法單字片語都詳加講解，沒想到兩堂課之後就被炒魷魚了。

班主任說，學生反應不佳，他們需要的是「解題技巧」，你懂嗎？

但是英文沒有解題技巧這種東西，要訓練的是一種思維直覺反應——話到嘴邊，他想想就算說出了口也是廢話。

就這樣，八月的他成了無業遊民。白天窩在家裡讓他覺得很丟臉，所以總是在外流連。

沒有平價連鎖咖啡的時代，他已去不起咖啡廳或是當年突然開始陸續出現的書香園，只好帶一本小說躲進速食店，點一杯二十元的可樂。

每天只有等到夜深人靜，父母都已就寢後，他才默默攤開稿紙，而多半時候也只是胡亂在紙上畫著。

⁂

這一天午後，坐在永康街麥當勞的二樓，眼前攤開的是一本沒聽過的日本作家所寫的小說，會購下只因為那個書名奇特，《失落的彈珠玩具》。

速食店裡的冷氣開得極強，與窗外在高溫中如海市蜃樓般溶晃的街景形成奇異的反差。連續好幾天了，店裡放的音樂仍是同樣那一捲，仍是他大學時候就聽爛了的轟與寵物店男孩，偶爾夾進幾首瑪丹娜與辛蒂・勞波。〈爸爸別說教〉（*Papa Don't Preach*）。〈女孩愛玩〉（*Girls Just Want to Have Fun*）。

大四畢業前最後一次去 KISS 跳舞，不過是上一個夏天的事，如今卻已遙遠如前世。

看到三分之一處，他停下來嘆了一口氣。

彼時的他當然不可能知道，這位初登文壇的日本作者，十年後會享有何等的國際名望。也許只是因為夏日時光遲遲，或者只是因為當時的心情，後來在同樣這位作家的其他作品裡，他再也感受不到同樣的那份共鳴。

工作與寫作同時撞牆，接下來到底要怎麼辦呢？

他想到身為畫家的父親，總是在教書之餘接下其他許多兼職，從電影藝術指導到傳播公司總經理，從高中教科書到藝術百科全書的編審，為了養家開銷總在奔忙著。

為何當初沒有阻止他念文科呢？為何沒有告訴他，理想與麵包之間的平衡，原來並不容易？

然後他注意到，隔了兩個桌面外的那道目光。

兩人四目相觸時，對方並沒有立刻迴避。反倒是他匆匆低下頭去，重新埋首於小說中一九七三年的東京彈珠玩具店。

但是眼角餘光告訴他，對方仍時不時朝他瞄過來。

想起自己大學時，有一回在館前路的麥當勞裡，他也有過類似的舉動。生得亮眼有型的一個男生，跟他一樣獨自一桌，卻一直專心在看雜誌，完全沒發覺自己在被人欣賞著。

他也就只是欣賞，也許還帶著些微興奮的自虐。人海中的相遇卻不相識，總讓他覺得，至少還可以繼續抱著某種模糊的希望。

於是他不自主地拿起原子筆，開始在餐巾紙上勾勒出對面男生的素描。

發現對方已經警覺的神情，正在盯著自己瞧，他趕緊停下手中的筆，害怕引來對方的不悅。

結果那男孩隔著距離，跟他比起手勢。（你，在畫我，嗎？）

他笑著聳聳肩，未置可否。

對方朝他打開手心，再點點自己胸口。（可以，給我，看嗎？）

那男孩的落落大方反倒讓他一時間亂了方寸，下意識地只管拚命搖頭。對方不再堅持，笑著收拾東西起身，跟他擺擺手。（走，囉！）

望著那人離去的背影，他的心裡泛起難言的惆悵，只怪自己的毫無自信啊……

就在幾乎已快遺忘，曾有過這樣一刻短暫心動的幾個月後，他在書報攤上看到最新的《*Men's Uno*》男人時尚雜誌，封面上的男模正是他曾經隨筆素描的那人。

不是扼腕，沒有遺憾，他在那一刻領受到一種平靜的愛意，心裡只有為那人感到開心這個念頭而已，並預感到他們永遠不會再見面了。帥哥美女永遠有屬於他們自己的世界。

不自覺就有鬆了一口氣的感覺。彷彿是，他因此可以相信，在青春這條路上，他們今後都會好好的。

就這樣帶著微笑走過，甚至連擁有那本雜誌都已嫌多餘。

但是他從不曾成為他人會默默注意的對象。

在永康街麥當勞的那個夏末午後，他隱約明白那個目光裡藏著什麼，又似乎完全不能理解。

偶爾在報紙分類廣告中驚見一行「正職體健徵青年友人」，詭祕地裂出一條罅隙，便足以讓人背上寒毛豎立。

沒讓任何人知道，他曾偷偷進了電影院去看了那部艾爾．帕西諾主演的電影《虎口巡航》（*Cruising*）。不管片子在電檢處被剪成怎樣的牛頭不對馬嘴，任誰都看得出，那是關於「那種人」在社會暗處的故事。

酒吧中擠滿了裸露的男人，毒品加色慾，引發一樁樁謀殺，那是一個沒有愛情也沒有出口的地獄。連艾爾．帕西諾都來捨身傳授那世界醜陋之必然，無法不信以為真。

迷信總比恐懼好。

《孽子》裡描寫的新公園荷花池，那個黑暗的國度，他仍堅持不靠近，因為不相信自己會那麼寂寞，寂寞到只剩下肉體這個選項。

這個念頭最駭人的部分，不是因為已具體見聞過「那種人」的人生可以有多悲慘，反倒是由於資訊空稀所造成的無知。無形的恐懼比有形的妖怪更具法力。懸盪在半空，也勝過無目的的黑霧巡航。

青春期以來，他都不斷這樣地告誡自己。

終於鼓起勇氣再次抬頭，望向那個假裝目光只是不小心掃到自己的老外。斯文的一張臉，瘦長個子，戴著一副金絲框眼鏡，唇上留著密密的棕色鬍，前額髮際線卻已經稀疏。

而這回，對方也只是漠然地與他目光擦過，沒有示好的微笑或傳送任何訊息的意圖。他突然覺得自己可悲，怎麼永遠都搞不清楚狀況，於是又安分地把頭低下。

再抬眼時，對面的那張桌子已經空了。

每次結束之後卻發覺那不是那個一輩子唯一的夏天
就像車子沒有在自己要下車的地方停靠
一直沒辦法下車的緣故，是因為來迎接的
總是連一次都不曾擦肩而過的陌生人嗎？

等他闔起小說，信義路上的陽光雖已微微西偏，從麥當勞二樓的玻璃窗望出去，耀目日光卻仍潑灑得張狂。想到室外的高溫，他遲疑了一會兒，然後嘆口氣，收拾起包包往一樓走去。

那人站在門口。

原來，那人並沒有離開，竟然就一直站在炎夏的入口等他。

一米八的頎長個子，金邊眼鏡反射出火花，正朝他望過來。憶起半個小時前，兩人在樓上最後的一次目光交錯，那人還佯裝成漫不經心的模樣，讓他一不小心笑了出來：這是哪一招？

反射性的痴笑，竟然被當成了彼此意會的破冰。那人說：嗨。

你就一直站在這裡？

Yes. I was waiting for you.

標準的美國西岸口音。是犯傻了嗎？跟他以為的美式風格天差地遠，台灣的高中男生才會這樣站崗。

第一印象以為這溫和有禮的男子是瘦長體型，定下神打量，瘦削的原來只有那張塞進了高鼻深眼的窄臉，那人的一雙臂膀其實很粗壯，覆蓋表面的汗珠與膚毛在陽光下形成了一層淡金的薄光。

為什麼？下一秒他發覺自己身上的粉紅色運動衫，幾乎快要掩蓋不住心在鼓譟的起伏。為什麼竟然是這個人？不管是在大學校園裡出出進進的華語中心學生，還是在水牛城裡的外國酒客，他們向來都只是與自己井水不犯河水地存在著。

而這個人，如此羞赧含蓄地等在麥當勞的門口，就只是來告訴他一聲，我在等你，這樣而已？

拐進麗水街，繼續沒有目的地並行慢踱。

原來那人在台灣發行的一份英文報紙擔任特約自由撰稿，中文懂一些。

他說自己才剛辭掉英文老師的工作。

你去過美國嗎？聽起來不像本地人，那人說。

一路上不關痛養的禮貌性交流，讓他幾乎又要再一次懷疑，是誤會了嗎？因為從來都不覺得自己是會被人搭訕的對象，向來獨行，只是偶爾會幫麥當勞裡的某人畫素描，在舞會上被人借來當一下臨時舞伴，甚至連自己的同學都不屑有他這樣的自己人……

直到話題一轉，那人問他喜歡的台灣作家有誰。

他說了幾個，對方沒有什麼特別反應。提到白先勇的名字時，那人終於發出共鳴的嗯嗯附和。你讀過？他不相信這人的中文有這麼好。

我正在讀，英文版的《臺北人》。

這回換成他嗯嗯發出不可思議的驚嘆。即使是外文系畢業的他之前都不知道，這本被他當成寫作範本的小說集還有英文版的存在。金大班說起英文會是什麼風味？

你想看嗎？男子問道。

時光快轉，《臺北人》出版五十週年的研討會，二〇二一年的台北。

來到兩百人座無虛席的國家圖書館會議廳，他被安排在最後壓軸的一場對談，拿起了麥克風，他望向台下坐在第一排的作者，停了兩秒鐘，然後突然就說：「白老師，您的《臺北人》害我失去了處男之身！」

全場哄然，文壇傳奇尤其笑彎了腰：沒想到，我的書會對你人生造成這麼大的影響！

埋藏三十五年的一段往事，這一天就這樣毫無顧忌地說出了口，無須帶著悲壯的挑釁意味，更不會引起不必要的撻伐與爭議。

終於等到了這一天，在多少人的青春被埋葬被刪節被撕裂的半個世紀後，他，如今也成了老師輩的寫作者，與大師倆就如同老友之間的笑談當年，彼此都知道那年代長得什麼樣子。

坐在台上的他，環視著因他這句話而甦醒的現場，嘴角淺笑著，但是心頭卻是感慨深長。

他還記得那個人。

他那間與人分租的小公寓。

還有書架上的那張照片。

我的男友，那人說，他在舊金山。

照片中的亞洲男孩跟他那天一樣，也是穿著一件粉紅色的運動衫。

當他翻著英文版的《臺北人》，那人靜靜地跪坐到他的面前，張開手掌擱在他的大腿上。他放下書，捧起那人的臉端詳，心裡悄聲自語：我們都好寂寞，是不是？

為何在店裡時對方只是打量而無行動？也許男子一度離去之後又再折返，掙扎著該不該背叛關係中的信任？我們都掙扎了好久。他閉上眼睛，讓對方褪去了他的粉紅色運動衫。

也許自己只是當了那個舊金山男孩的替身，但是他並不介意。至少有那麼一刻，他在那男子眼中看見了一個溫柔體貼的自己。如果可以，他希望自己永遠可以做一個溫柔體貼的人。相形之下，Uno 男孩的自信飛揚反顯得輕佻了。關於成為他人目光焦點，Uno 男孩已經練就出了流利的嬉笑以對。不是因為以前的他缺乏自信，也不是此刻寂寞決堤，他發現真正的瓶頸是由於，相似的靈魂與同質的孤獨是多麼稀有。

如此突然卻真實，這樣的擦肩而過。

這麼多年後，他仍然沒忘記那個下午，在城南的一間斗室，世界曾經短暫地安靜過。

他們沒有留下彼此的電話。

里爾克是這樣說的：愛就是，兩份孤獨的相遇，保護對方，依靠著彼此，互相尊重。

也許，他們這種人的愛與不愛，要比這幾句話來得更複雜，但他仍相信，至少也應該是這樣開始的。

許多年後才有人開始注意到，他的小說一直有著一個相同的主題，從第一本的書名《作伴》這二字就已經說明了。

他堅持了下來，不光是寫作，還包括夏天一生中只會有一次的夢想。所以依舊單身，保持孤獨。做為一個寂寞的人，他想要與好多一樣寂寞的人作伴。

蟬聲中陽光燦亮
模糊了地平線外的遠方
夏天又來了
（谷川俊太郎）

每當他回憶起他的二十歲，夏日遂成了大片的潑墨滿紙，其餘的季節頂多如同多加的幾筆帆影，幽幽浮在一角。

他記得準備大學聯考時的那些昏昏夏日午後。

也記得成功嶺上陽光如有重量般壓得自己汗流浹背。

鳳飛飛的歌聲「涼啊涼」與「不要不要，停留你的腳步，把那夏日季節緊緊留住」如藍天飄起白雲。

還有坐在麥當勞裡，凝望窗外白熱光影中，整座城市彷彿靜止。

有影

老三台時代，綜藝節目不僅是每家頻道的門面，更是廣告收入的主力。從崔苔菁的「歡樂週末」、鳳飛飛的「一道彩虹」，到張小燕的「綜藝100」，各台無不卯足全力，推出強棒當紅主持人，要在收視率上一爭高下。

但是在他的記憶中，高二那年卻出現了一個奇怪的節目。

罕見地，十三集全數製作完成才上檔，安排在週六晚上的黃金時段，卻連取一個吸引人的節目名稱都沒有，直白陽春地叫做「華怡保專輯」。

即便是台柱，也頂多為了報名金鐘獎，隔幾年才有機會做一集專輯。這個華怡保是何許人也？竟然一口氣就是十三集！

他懷疑電視台高層是不是腦袋壞掉，連他這種電視兒童都沒聽過的藝人，會有收視率嗎？

有，當然有。至少他的母親就非常期待首播之日。

柳腰歌后、美聲尤物呢！

母親顯然對這個華怡保非常熟悉：當年她在統一飯店香檳廳登台，多轟動啊！都為了爭睹她傳奇的十八寸玲瓏細腰。而且那時統一飯店可是台灣最大的國際級飯店，因為慶祝開幕，才專程把她從星馬重金禮聘來台。

多久以前的事了？他都還沒出生，連第一家電視台也還沒有開播。那妳有去看過她在統一香檳廳的表演嗎？他問母親。

母親說，那些年，大飯店一家一家的開幕，常有廠商請客。是喔。

節目中邀請到的來賓都是一時之選，如鄧麗君歐陽菲菲湯蘭花等，都給足了前輩面子。而前輩也的確使出渾身解數，非常敬業，一會兒泳裝，一會兒旗袍，跳完西班牙舞，又搖身一變唱起黃梅調，對老歌迷相當體貼。

如果他沒記錯，除了早幾年白光復出曾引起轟動之外，這位柳腰歌后大概就是上個世紀十里洋場風情的尾聲了。如今想來，電視台對她的禮遇，更像是向消失中的夜總會時代最後的致意。

反倒是他的母親在看了第一集之後，興奮之情立刻就消退了一半：怎麼整型成那樣？都快認不出來了……

由菲律賓華僑莊清泉投資創立的統一飯店早已拆除改建，現在台北仍有間飯店也叫統一，不知道是否只是借用光環。

那些曾經獨領風騷的大飯店幾乎都已凋零。

雖沒趕上那個凡是大飯店裡必有夜總會的年代，夜總會全盛時期的風華傳奇，像是中央酒店捧紅了白嘉莉與歐陽菲菲、統一飯店靠華怡保打響名號、電視史上第一個棚外綜藝節目是搬到了豪華酒店……卻始終歷歷在他的想像中。

夜總會三字，顧名思義就是集夜生活之大成。

民風保守的戒嚴年代，能同時用餐看表演，又能掛酒牌與舞牌執照的場所有限，需接待外國客的國際級飯店便成了少數首選。

媒體仍愛用夜總會這三個字，像是「新聞夜總會」、「超級夜總會」，事實上正宗的夜總會早已不存在，集眾樂於一晚的那種多采多姿，後來被化整為零，變成了餐廳秀、狄斯可、演唱會、夜店與酒吧。

只有很小的時候去看過一次夜總會表演，哪一家已不可考，但他記得表演節目不只有歌唱，還有魔術雜耍特技等等，而且在當年除了美軍俱樂部之外，夜總會是唯一會有西洋樂團演出的地方。

至於歌廳他就熟門熟路了，從台北的麗聲到永和的中信，愛聽歌的母親總會帶上他。還記得，當年若是有中南部的親友上台北，母親請他們去聽歌是常見的待客之道。

歌廳通常沒有特殊的舞台聲光噱頭，歌星實力就值回票價。他們登台如同公務員打卡，都很自愛不興炒作宣傳。早年他在中信歌廳還經常看到陳淑樺，她可是熬了好久才出頭。

起初，聽到有人把夜總會歌廳紅包場餐廳秀混為一談，總讓他很抓狂。高凌風投資的那家 Penthouse 是夜店不是夜總會好嗎？齊秦剛出道時有唱過餐廳秀那不是歌廳啦！

最近他還聽到另一個時空錯亂的名詞「歌廳秀」。此 show 變彼秀的說法，歌廳年代根本還沒出現。

歌廳之後的下一波是先有民歌西餐廳，然後才興起歌星轉戰餐廳演出。吃牛排附帶欣賞一場show，無以名之，於是以餐廳秀代稱。

再轉念一想，造成這種資訊混亂的，難道不是因為靡靡之音的時代意義曾被文化界長期漠視？就連金曲獎都要等到一九九〇年才首度舉辦。

所謂民歌西餐廳也有兩種。

一種就是在校園歌手大行其道的那幾年，雇幾個打工學生來唱歌，也都可以自稱民歌西餐廳，一時之間遍地開花。隨著消費者口味層級不一，打工歌手必須要接受點唱，到頭來為了抓住客群，什麼歌都唱，幾乎也就是另類的歌廳，除了是吉他伴奏。

而另一種其實早在校園歌曲當道之前就已出現，帶著一些美軍俱樂部留下的風情，主要以演唱西洋歌曲為主，例如忠孝東路上懷生國中附近的「艾迪亞」（Idea House）。駐場台柱在民歌風潮初起時，幾乎都立刻被網羅錄製了唱片。

不僅民歌餐廳的定位混亂，當年也有究竟該叫做民歌還是校園歌曲兩派之爭。在他的認定裡，也許當年民歌二字是模仿美國流行音樂中 Folk Music 這一派，像是約翰・丹佛、金・克勞奇、瓊・拜雅，與中文裡的民族歌謠傳統風馬牛不相及。

約翰・丹佛與金・克勞奇竟然都是摔飛機死的，這點讓他非常無法釋懷：怎麼會有男人的聲音這麼乾淨好聽？是招天妒了不成？

若是碰上穿著白襯衫加藍牛仔褲的男孩，不管是學校吉他社的公演還是在民歌西餐廳，看見他們抱著吉他在舞台上演唱丹佛的〈乘噴射機離去〉（*Leaving on A Jet plane*），或是克勞奇的〈紐約不是我的家〉（*New York Is Not My Home*），都會讓他莫名地陷入一種說不出的迷離。

囂嚷城市中，藏在心底始終無法託付的一份深情，只有靠那樣的撥弦與低吟才能撫平。三十年後他以八〇年代為背景，在構思長篇小說《斷代》時，把男主角設定為民歌手，幾乎就是直覺而不作他想。

曾經，那些民歌男孩們爽颯的身影如同風中之花，飄進他最後校園生活的記憶裡，成為夾在歲月中的一頁書籤。

校園歌曲退場，奢華餐廳秀大行其道，正是八〇年代台灣錢淹腳目的代表作之一。

全民瘋炒股，白天獲利晚上消費，酒色財氣不手軟。業者紛紛砸下重金，更不惜請當紅港星來台，每日酬勞甚至上看百萬天價。

餐廳秀的經營方式與歌廳大不同，每一檔期都有不同的包秀經紀人負責安排節目。做為主秀號召的大牌藝人，舞群燈光排場不可少，無不挖空心思爭奇鬥豔。

崔苔菁當年的一套銀管裝造型，至今仍是被津津樂道的經典。歌藝普普者，但憑著大膽清涼的舞台作風，也可在秀場搶攻一席之地。

也因此招來黑道介入分一杯羹，挾持藝人接秀的暴力事件頻傳。餐廳秀場遂成為是非之地，提前結束了它短暫的絢爛。

「作秀」一詞如今轉指敷衍不實的表面文章，他覺得非常傳神。曾經一度房地產飆漲時，連售屋現場都還有「工地秀」這種招攬生意的噱頭。但是有多少人還說得出，這個用語其來有自的時空背景？

那樣充斥著揮霍消費風氣的台灣已不再，為了鮭魚吃到飽而不惜改名的小確幸才是新生活運動。

要等到歌廳餐廳秀都沒落後，才在西門町出現了所謂紅包場，走經濟實惠路線，主要客群都是退伍老兵，或上了年紀的退休人士。表演者的歌藝倒是其次，與這些老人的互動才是生意重點。

大半生以來，他看著聽歌這項消遣娛樂的演變，從原本親民的歌廳購票入場，而後消費檔次提升的餐廳秀，到如今票價動輒三、四千元起跳的演唱會，不知道除了通膨物價的因素之外，是否還有另一種寂寞指數的換算？只有為了消磨餘生的老人，才會繼續留在小小的紅包場裡聽歌。

擠進小巨蛋已經不是為了聽歌而已，更像是在昭告著，自己還沒有被時代拋棄。

二〇二〇年，曾主持過《五燈獎》長達十八年的邱碧治女士過世，寫下又一個時代的落幕。

隔了幾天，某大報的娛樂記者竟然發表了一篇奇文，表示自己很意外，這位女士往生的消息，竟創下版面有史以來最高的點擊數。非但不覺得自己孤陋寡聞，倒先擺出一副不以為然的口吻，還大言不慚地反問，為什麼之前都沒聽過她是誰？

面對著電腦螢幕上的這篇文章，他哭笑不得。

是否因為維基百科並沒有建立邱碧治的資料，所以沒聽過？何以連開口去問一下家中長輩都懶得？

不是年紀代溝的問題。若對方當真不知，他一定會樂於分享，他在意的其實是，用狹隘眼光去看待前人生命經驗的那種假懷舊。

不是將人名與事件隨意剪貼，就能喚回時代的面貌。

每個世代所處的環境條件，最後內化成了情感認知中的特殊地景，或許這才是打開歷史與集體記憶的鑰匙。

對成長於老三台時代的電視觀眾而言，《五燈獎》代表的就是一幅溫馨的情感地景。電視歌唱才藝競賽節目的始祖，每週衛冕爭霸戰況激烈，卻永遠是簡單的舞台，樸素的主持人造型，把庶民歌唱娛樂扎扎實實乾乾淨淨地帶進了每個家庭。

五度五關獎五萬，

你來演我來唱，大家都來看！

你健康我健康，大家都健康！

播出長達三十三年的節目，一段開場順口溜，曾經全國男女老幼皆可朗朗上口。總是笑咪咪、說話帶著一點親切鄉土味的邱碧治，這輩子除了《五燈獎》，沒有出現在任何其他的舞台，從無意進軍演藝這行，彷彿只是把這份工作當成社會公益。

不是藝人，卻比多數藝人擁有更高更久的知名度，就像是陪伴著他們這一代長大、成熟、一路邁向中年的一個大姐姐、老朋友。

回台後這些年，他嘗試著去蒐集民國五、六〇年代以台北為背景的老電影，希望能夠填補年幼時不在場的記憶空白。

無奈許多電影史中常提到的佳片，因版權不清（如宋存壽的《窗外》）或拷貝毀損（如李翰祥的《冬暖》）多無法取得，要不因受限於技術或資金，多還是採用內景，真正的台北景觀占比有限（如李嘉的《我女若蘭》，或像文夏主演的一些歌唱台語片）。

倒是白景瑞導演的作品《今天不回家》，在拍攝當年的國情背景脈絡下，算得上是破格的異數。

他只記得小時候，它的主題曲紅遍大街小巷，沒想到台北也能被當成電影真正的主角。

這個台北是人心浮動的，也是生命力蓬勃的。它既追求物質生活的提升，也同時朝自我價值的突破出手試探。以同一棟公寓中的住戶拉出三條交錯的故事線，在某個晚上，三位角色分別因為外遇、叛逆、逃避等原因，流連於台北不同的夜生活場景，串連而成為了一齣諷刺喜劇。

於是觀眾看到了「第一飯店」裡的「喜臨門夜總會」，外加年輕當紅的謝雷與姚蘇蓉幕前獻唱，片紅歌更紅，讓他們從台灣紅到了香港去。

開麥拉還拉進了大稻埕，讓一九三四年就開幕的「波麗路」西餐廳也留下了驚鴻一瞥。

老牌餐廳早年以優質音響播放古典音樂而聞名，在片中果然出現彼時仍笨重複雜的音響設備，成為店內裝潢陳設的一大賣點。另一特色就是壁上浮雕，應是配合當年日式洋樓的文藝復興建築風，在幽暗燈光下增添了浪漫又神祕的情調。

從許多報導中他都曾讀到過，這個猶如台灣現代主義搖籃的「波麗路」。至今老店仍在，但早已不再是《今天不回家》中呈現的當年，那個吸引台北藝文人士的沙龍。

是否有哪部電影曾去拍過「野人」咖啡屋？那間在民國五十年代，同樣傳奇的嬉皮文青與深櫃同志的基地？

或是他的父母新婚時入住的早年永康街？

老家竹林路上是否曾經真的有過一片竹林？

空軍新生社裡舉行的舞會，與美國士官俱樂部 Club 63 裡的狂歡，有留下影像嗎？兩者同時存在的台灣，究竟是種怎樣的記憶？

每個人的記憶都像一座私密的城邦。

在他的城邦中，有學校、街道、電影院、車站、餐廳、河川、橋梁、公園，當然也有酒吧、舞廳、書店、咖啡館與麥當勞。

這些地點的排列分布，串起了每個人一生的喜怒哀樂；不同的方位面積，便凸顯了各自性格與思維模式之差異。

就像小時候玩的大富翁桌遊。

擲出地圖，命運之骰決定了我們的進與退，我們一次一次地經過那些相同的地點，不斷斟酌，看是要任其荒蕪，還是要當成資產，收藏照顧。

一九八八年一月，他從台中辭了教職專注寫作的成績終於成書，頗受出版社的重視，上市前便已投注了不少企劃宣傳的心力，結果，就在書上市的同一週，蔣經國逝世的噩耗傳來。

他心想這下慘了，所有的努力又將再一次的落空。

因為他還清楚記得老蔣過世時，全國所有娛樂場所一律停業，電視上每天只能播出新聞，其他節目全部暫停，報紙印刷不准出現套色，規定只能單一黑墨。更誇張的是，全國學生皆須在臂上配戴黑布條與熟背蔣公遺囑。國殤當前，全國一片肅穆。

他預計同樣的國殤程序又要走一遍，屆時他的心血之作早就被遺忘下架，是否一波政治動員正蓄勢待發，文以載道的八股隨之復活，都未可知。

然而，令人忐忑的這一切都沒有發生。

電視照播，歌照唱舞照跳，市容一切正常。王傑的〈一場遊戲一場夢〉繼續蟬聯排行榜不受影響，幾個月後陳淑樺推出〈那一夜你喝了酒〉，在她出道二十年後終於迎來轉型契機。

當然，書也照賣，而且還賣得挺不錯。目睹這一切，他鬆了一口氣：真的時代不一樣了。

結果近期有某部國片，劇情中加入了蔣經國逝世的時代背景，仍然有學生被迫帶孝哭靈的情節出現，完全是將老蔣去世那段移花接木，與當時真實的社會氛圍大有出入。

過往敘事的缺角都難以追補了，近代尚未遠去的足印就被忙不迭地掩蓋毀跡。他也只能長嘆一聲：集體記憶，甘有影？

猶原

一九八九年八月赴美留學，沒趕上九月時全新的台北火車站啟用。次年回台過暑假，看到那樣的龐然大物時他傻了。

無法形容那究竟是一種什麼樣的建築美學，只感覺那泥土色的隆丘上布滿著黑色格窗，讓人聯想到一個巨型蜂巢。

青春記憶裡，台北車站的背景裡還有遠山隱隱，而非如今的高樓環伺。在海外求學教書一晃十載，中間偶然回國也是來去匆匆，為了省錢往返次數也愈來愈少。一九九〇年代的台北對他而言，彷彿並不曾發生過。

千禧年終於鮭魚返鄉，卻又落腳東海岸執教，即使週末北上，已過中年的他早已沒有了在城市中漫遊的興趣。

他對台北的印象，有很長一段時間，就這樣停留在了一九八〇年代。

剛回國時，遇到朋友相約總會抱歉要求，能否約在他出國前就已存在的某個餐館或地標？

台北變化太大，他基本上方向感又差，沒去過的地點最後一定會讓他因迷路而嚴重遲到。直到那些老地方一個一個也開始消失了，他終於被迫得在腦中重新描出另一張台北地圖。

於是，「新世界戲院門口見」變成了「捷運六號出口等你」。「敦南的ＩＲ餐廳碰面」換成了「誠品書店」。

（啊，這個地點也只剩回憶了……）

「去重慶南路上的□□□□。」

記憶卡關，苦思半天竟然想不起餐廳名字，他只好去查了一篇自己的舊作才得到答案：馬可孛羅。

後來，他再也不費心去記，尤其對於隱身於巷弄中，很有風格卻只有去過一次的那些咖啡屋。因為他幾乎除了公事之外，很少與任何人相約。

但，更早先的時候呢？

一九七〇年代，當還是中學生的時候，他們都約在哪裡呢？火車站前的噴水池？東方出版社路口？國際學舍？

更有那些已模糊恍惚的、還來不及載入青春，就被不知名的什麼給蓋過去的記憶。

（那一隻蒙起了記憶之眼的手掌，究竟是什麼？）

他確實記得，國小時忠孝東路只發展到頂好商圈，再下去就什麼都沒了。往國父紀念館方向走，路上還會經過一些水田。

快速的物換星移，發生在接下來經濟起飛的一九八〇年代。台北的風貌，整個國家的發展想像，在那幾年間就這麼定了調。

一轉眼四十年過去，台北也舊了。

走過忠孝敦化，他看到昔日霓虹如畫的景象還持續黯淡中，感覺啞然失笑：如果能有縮時攝影該多好！記錄這十年、二十年、三十年……的變遷，讓大家覺悟自己竟然能夠活得純然無感，還以為是新冠疫情才讓百業蕭條。

日日經過的路上，怎麼又突然看見某店面在重新整修？原來那間是賣什麼的？鐘錶店還是運動器材行？

台灣裝潢包工效率之高，不用一週時間，一間全新的商家便已進駐，把原來的印象抹得一乾二淨。就這樣一間一間，不斷洗牌，最後都洗成了同花順，不是換成了手搖飲店就是小吃店。

老區振興活化談何容易？從西門到東區，從東區再往信義區，感覺不是一路蓬勃延伸，而是節節轉戰。沒落了就只好棄守，再找下一塊地皮炒高地價。以後再往東移，就只剩南港汐止了——他跟自己說道。

試圖回想，一九八〇年代的改變好像不是這樣的。

反而是一家家小吃店雜貨鋪轉眼變成了咖啡廳和品牌服飾。是愈開愈多的麥當勞和電影院。

是一間一間消失中的公車售票亭，是鐵路地下化。是解嚴後愈來愈多的商店延長營業時間，是都會夜生活在逐步形成……

是朝著進步現代化的方向前進，但是又無法形容，好像也在失去著什麼的感覺。

在那個宣告台灣外匯存底世界第一、亞洲四小龍之首的時代。熙熙攘攘，百花齊放，終於在一九八八年那首〈愛拚才會贏〉推出後，為這一切烙印了鮮明的印記。

敦化南路，原本只有短短一段，從仁愛路至八德路。目睹著它逐年向南，一路擴寬拆遷延伸，直到一九八八年才全部打通，成了今日最美的林蔭大道。

復旦橋，曾如一道飛虹般，從彼時尚未地下化的東西向鐵道上凌駕而過，對於東區的發展功不可沒。

一條敦化大道上，南有據說規模大小僅次於巴黎凱旋門的仁愛路圓環，圓環四周如今金融大樓林立，儼然台北華爾街。北有南京東路商圈、總見人潮排隊入場的台北小巨蛋，最後抵達台北另一個交通運輸重鎮，松山機場。

仁愛路圓環周邊上的土地，已經不知轉手財團幾度，圓環快轉如俄羅斯輪盤賭局。

有誰會注意到「誠品」最早的店址所在，那棟世華金融大樓何時已變成了一座潤泰豪宅大廈？新落成的台新金控大樓，之前又是哪座酒店座落在此？

一般人都無法立刻回答。

因為我們都在M型化社會的另一邊。最後他只能做出這樣無奈的結論：天價的金錢遊戲，發生在你我看不見的平行時空。

與敦化南路垂直交會的忠孝東路，從監察院出發一路伸延到七段南港，如今沿路都是寸土寸金，與四十年前不可同日而語。

在只有公車可搭的一九八〇年代初期，從搖搖晃晃的車窗望出去，一路上除了當年還稱之為「來來香格里拉」（喜來登大飯店）的堂皇建築外，街景仍是蕭條居多，連三段的那一大片土地都還是「正義東村」低矮的眷村老房，尚未改建成新式高樓國宅。

長長的馬路到了四段才終於出現人氣，歸功於全台灣首家西式超級市場在此落腳。「頂好市場」站牌在台北一枝獨秀佇立的年代，東區還不成氣候。

一九九一年復旦橋開始進行拆除，捷運南港線也開工，忠孝東路的交通黑暗期卻一點也沒有阻礙接下來的「統領商圈」，在整個九〇年代引領著台北的時尚與消費。

直到整個商圈彷彿一夜之間被清倉大拍賣。

與他類似成長於經濟起飛中的一代，到頭來也是記憶最混亂的一代。從一九八〇年代起，整個台北就是不斷地拆了建，建了拆。不管是因為都市發展的堂皇理由，還是商業投機所導致的崩盤與轉手，看它樓起樓塌，不過都是轉眼間。就連中年後的台北印象，都像是被施了法般不斷變形挪移。

他能記得的，不知為何，勾起的感慨永遠比甜蜜多。

記憶不再是私有，都需要經過民意的洗禮與立場的檢驗之後，汰換為集體符號。

（乾脆就任其消失的，又豈止是一些街景而已？）

曾讀到一份有關台北的人口統計：民國三十四年，僅區區二十七萬人。民國五十七年，一百六十萬。到了民國七十五年，陡然爆增至兩百五十七萬！

那也正是他大學剛畢業的時候。那突然多出的一百萬人，想必都塞進了起步雖晚，卻一片欣欣向榮的東區。

那時和朋友走在忠孝東路上，總是車潮人潮擁擠，寸步難行。一個朋友曾開玩笑說：哇靠！這裡的人簡直多到讓南台灣都翹起來了啦！……

求學時代，他就這麼看著台北從西區一路往東區推移，也看著一個個熱點熄燈沒落。

他的成長，也彷彿像是一絲肉眼不察的細小紋路，埋藏於台北這張錯綜複雜、充滿滄桑更迭的地圖裡。

總是不經意停下腳步時，又看見他年輕時的台北，如同若隱若現的一座光影幻城，等待他再次去細數，去指認。

現在的SOGO百貨敦化館，它的前身是永琦百貨。

但還有多少人記得，更早之前，尚未改建成高樓的該處，曾是台北最著名的秀場之一「東王西餐廳」？

頂好的標記，故意拼成Wellcome而非Welcome的紅底黃字，害得多少英文初學者曾經考試被扣分。而今頂好超市已成記憶，全改掛了家樂福商標，沒改的也一家家收起來。

誰曉得家樂福會不會哪天又被併購而消失在街頭？市場併購的遊戲，總在一夜之間改變了大家的習慣路線。

但他從未遺忘，父母的笑容永遠疊影在那些流轉的街景上。

第一片披薩。第一杯奶昔。第一次看見摩天樓。第一次坐捷運。第一回在街頭走失。那麼多的第一次，曾發生在這座城裡。那時，他們都仍習慣緊緊牽著彼此的手，並誤以為，可以永遠停留在時光短暫的眷顧裡。

那樣眼花撩亂的台北，像是一座被忘記校準的時鐘，教父母如何來得及想到，他們有一天會老？

後來的這個城市，卻已先一步忘記他們，忘記那群來自四面八方，操著不同口音的年輕人，曾經抱著成家立業的夢想遷徙來到了台北。

父母逐夢的地圖上，曾經也附注了他們這一代歪歪斜斜的小腳印，靠著他們城市裡討生活的小撇步，鋪成了下一代的成長路。

尚在城市中青春少年遊的那些年，有了屬於自己的夢，並且還要高唱「我的未來不是夢」，都曾以為，自己將會擁有比起父母輩們孜矻認分的一生，更精采無量的前程……

直到他也逐年邁向人生下半場，才漸漸明瞭父母輩經歷過的困惑與失落。可是當年卻沒人看到，父母他們如何跟年輕時的夢想告別，看見夢想就在每一天的時時刻刻裡，在生老病死大自然的規律裡。他們做了其實遠比擁抱夢想還更勇敢的事。

不要忘記他們以夢想者姿態存在過的身影。

也許就是僅有的、也是最後的誓言了：我要永遠記住你們在這個城市裡奔走時，也曾有過那樣輕快的步履。

（還能與父母立下這樣的誓約嗎？）

做兒女的何曾注意到，他們一生中咬牙卸下的無數層蛻皮，最後都被藏去了哪裡？突然間，他們失去了那樣的再生能力，最後成為兒女眼中一座皺紋滿布的化石。

而這些，我們才要開始經歷，他跟自己說。

走到了延吉街口，他看到老牌餐廳吳抄手的店面，人去樓空，只剩下一片漆黑。

茱蒂・巴特勒（Judith Butler）說，沒有可堪哀悼的特質與資格，就無所謂生命。因為，那是生命的顯現與延續所仰賴的一個重要條件。（grievability is a condition of a life's emergence and sustenance）

讀到這段話令他豁然開朗。

並不為了彰顯什麼歷史認同或地誌考古，他想做的僅僅是對消逝的凝眸，為這座城裡所有曾被市井小民們追尋過的夢想，小小地默哀。

他明瞭，生命的顯現與延續不僅指心跳脈搏，更包含了成長與幻滅，平凡與不朽。真正的思念，是無法被空洞的論述加冕、或廣告式的概念包裝取而代之的。

文化代理人與政治人物攜手媒體與財團掀起的時代浪潮，早已經產生了美感疲勞；眼前那些以為被翻建保存的，到頭來都不過是在時間中沉默著。

反倒是所有曾經放手的，被偷走的，無意間遺落的，它們彼此間的竊竊私語永遠無法被消音。存在，有時是因為已消逝不存在，才弔詭地被肯定，被確認。

學習失去從來不是死者的任務，而是屬於倖活者。可他擔憂的是，「可堪哀悼的特質與資格」會不會某一天醒來發現，又被操弄成某一種符號？要如何讓大家明白，可堪哀悼的生命並非針對特定的某一人或某單一事件，而是對於存在與存在之間的連結，學習重新去理解？

喧譁塵囂中，他下意識地緩緩移動視角，從這個路口，轉望向對街的另一塊空白。

直到其中浮現出他人無法察覺的一個小小光點，如遠方隧道的洞口，彷彿正在引他通往，消逝的背面。

輯 II

重逢
總在悲歡之後

往事不過一橋之遙；
而抵達自己的內心，有時卻比夢想更需要長途跋涉。

依舊

那是他生命中第一個公園。

公園中有很高的樹，陽光很好。那也是印象中唯一的一次全家去公園裡拍照。

他記得與母親哥哥坐在平台的頂端，父親拿著相機站在石頭階梯下方，朝著上方的他們問道：準備好了沒？

平台有一點高，他有一點緊張，但是沒有忘記提醒自己要面露微笑。

這一張以仰角拍攝的黑白照片後來被存放在相簿裡，他才從畫面中看見，當年的自己竟然如此幼小，應該三歲還不到。

可是他真的記得拍攝的那一天。那樣的陽光，那樣的新奇。孩童的記憶究竟開始得有多早，真的很難說。

那時公園裡的兒童遊樂區還有小電動車。

照片中的他小心翼翼地握著方向盤，至今他仍記得坐在小小電動車裡的那種新鮮刺激感。

另外罕見的一幀留影中，初中一年級還剃著五分平頭的哥哥，與他共騎在一匹巨大的雕塑駿馬上。

小不點的他手裡握著玩具刀，顯然是按著大人的指示做出拔刀出征狀。只不過他臉上並未流露出頑皮撒野的表情，反而是顯得茫然不知所以。

三歲看終身，他從來不喜歡騎馬打仗殺刀那些遊戲。父母那時不會曉得，甚至他自己也還不明白，為什麼學校裡小朋友帶來的坦克車飛機玩具同樣也引不起他的興趣。

他只是一直很配合地假裝參與，就像那天騎在大白馬上。

母親過世後的頭幾年，有一陣子他經常會在週日的下午，回到這裡坐坐。

儘管名字已經從「新公園」變成了「二二八公園」，也因為《孽子》那本小說讓此地染上了些神祕禁忌色彩，但畢竟博物館還在，露天音樂台依舊是那簡樸的造型，在這座城市裡，它仍是少數沒被徵收建成高樓的故地。

週日的午後，有來自東南亞不同國家的外籍移工在此野餐聚會，都是二十郎當的少男少女，一群群玩起團康遊戲。如果有人帶來家鄉的樂器，他們便旁若無人地歌唱，擺動起肢體，跳起家鄉的舞蹈。

那已不是台北街頭的年輕人聚遊時會出現的景象。更像是民國六十幾年，他還在國中的階段，那時舉辦小學同學會才會選在公園裡，才可以那麼老土又純真地玩起擊鼓傳花，玩到大家都笑岔氣。

這些休假外勞的忘憂笑聲感染了他，難得可以短暫地忘記，自己已是沒有母親的人了。

他很欣慰，公園一直還在。

剛接手照顧父親時壓力大，需要偷閒找個空曠的地方透透氣。不論是交通距離上，還是視覺上，與郊外這個概念最近的場所只剩這裡。搭個捷運過來，暫時可以看到比較大片的天空。

後來留職停薪的那幾年，他經常會到此散散心。

平日的下午，公園並不冷清，匆匆忙忙的人影交織，卻多半只是要借道前往捷運站。點綴花草間的，是從附近台大醫院病房出來放風的病患，坐在輪椅上被人推著走。有一次他還看見一個瘦骨嶙峋的中年人，穿著醫院的病人服，自己扶著掛點滴瓶的桿架，站在那兒默默抽菸。

偶遇吹奏排笛的街頭藝人，那笛聲倒讓他想起紐約四十二街地鐵站，那裡經常會有中美洲原住民打扮的小樂隊在討生活。

肌膚黑中帶紅的面龐，不論男女都有著一條黝亮的髮辮，頭戴寬邊氈帽，吹著來自遠方山脈的記憶。那音色留給他的印象，就如同亙古的一陣陣長風，捲著旅途的風沙，一路的荒涼。

但是他已經不在異鄉了，從紐約到花蓮，然後終於回到台北了。眼前的排笛手是不折不扣的台灣郎，吹的還是〈月亮代表我的心〉。但說不上為何，還是突然地會有一陣揪心。

在紐約的地鐵站，他刻意從不在熙來攘往的人群中多逗留。向陌生人表達善意，這不是在異鄉的自己會有的舉動。

可是他現在人在台北了。

過往行人彷彿都有人生中更重要的事得去做，只有他一個人留在原地，連聽了好幾曲。最後他掏出皮夾，購買了公園裡的排笛手自錄自燒的ＣＤ。

難道，異鄉故鄉間的差別，就只不過是這樣一個駐足？

音樂台前的木板長椅上總有人在臥睡著，不管是光天化日還是夜深人靜。坐到最前排的位子上，眼前音樂台的簡單造型宛如一張呵欠的嘴。據說，露天表演的現場可以容納一千四百個觀眾。

紐約中央公園也有一座露天劇場，年年夏季推出莎士比亞戲劇節。什麼樣主題的藝術節，才適合在二二八紀念公園舉行呢？

是不是只有那些外勞才能對公園內處處可見的政治符號無視無感、而單純以為這就是一個鳥語花香的市區小綠洲？

公園本就占地不大，隨著解嚴與民主開放的腳步，以及緊臨政治中心的特殊地理位置，又經過年復一年的選戰對決，最後讓此地承載了太多市民休閒用途外的宣傳功能。

連在凱道示威靜坐的團體，在被強制驅離後也轉入公園，搭起長期抗戰的帳篷與布條標語。

（咦？那又是什麼？）

之前他從沒注意，在音樂台左側佇立的那玩意兒。只知道那裡有一間小土地公廟，深更半夜常有一個披頭散髮的女人在那附近遊晃。

（「急公好義坊」？）

他這次終於走近看清楚了上面的刻字，原來不是日本人的鳥居。彷彿是時光之門，一個與歷史意外相遇的場景。

牌坊共四柱三間兩層，主間可通車，兩側間可走人。正面豎欄上雕有小型石獅一對，正背面各有四對楹聯，整體造型考究，雕工富麗。更有「文官捧印」圖樣，雙龍吐珠，雲紋氣派。柱腳亦有「花開富貴」石雕包飾。

先不說是怎樣的義行壯舉，讓聖上如此龍心大悅，特賜牌坊一座以旌表，他更好奇的是，到底它為什麼會流落在這個荒涼的偏角裡？孤零零窩藏在此有多久了？

華視剛開播的時候，曾製作過一檔大型的古裝閩南語連續劇《劉銘傳》。他記得飾演主人翁的男星魏少朋，當年與楊麗花在幕前幕後都是家喻戶曉的一對情侶。

因為這齣連續劇，害他後來許多年都活在那個可笑的錯覺裡：劉銘傳的閩南話說得很流利。

飄洋過海來台的首任巡撫，是否也能說上幾句閩南話好像不是那麼重要了。他其實更想知道的是，於一八九一年告老還鄉的劉銘傳，怎會在一八九六年一月、《馬關條約》簽署後一年不到即過世？難道是巧合？還是因不堪痛失十年心血建設，鬱結而終？

劉銘傳，安徽肥西縣人士，二十四歲加入曾國藩召募之淮軍，率領「銘字營」對抗太平天國，連戰皆捷。之後又奉命殲滅捻亂，隨左宗棠鎮壓陝甘回民叛亂。

中法戰爭爆發，清廷重啟重用，任命為巡撫銜督辦台灣軍務，於一八八四年九月九日抵達台北府就任。

法軍屢攻基隆不下，分進欲占滬尾，都在劉銘傳率軍奮力抵抗截殺下，死傷慘重。法軍落敗撤往澎湖，侵台計畫終告破滅。

中法戰爭落幕，清廷於一八八五年決定在此建省，首任巡撫即為這個來自安徽鄉下、長期四處征戰已年近五十、小時候被人叫做劉六麻子的劉銘傳。

眼前這座「急公好義坊」，當年即是由劉銘傳奏請光緒所建。

台北艋舺貢生洪騰雲的捐地義舉，造福了每年參加科舉的數千名北部考生。此後求取功名便不必舟車勞頓，遠赴唯一位於台南府的「考棚行署」，台北府終於也有了一座科舉試場。

他幾乎可以想像，在得知洪騰雲捐地、台北府建「考棚行署」有著落了之時，劉銘傳的喜出望外。

一府二鹿三艋舺。

建省後重新規劃台灣行政區，正式改為三府、三廳、十一縣，及一直隸州台東。

設官銀局，造銀幣每年數十萬兩；拓展水利灌溉設施，完成全省田賦清冊系統；引進發電設備，開啟電燈照明時代。並於大稻埕六館街設立「西學堂」，為台灣第一個教授外文、理化、數學及測繪的新式人才培育所。

更重要的建樹則當屬成立「全台鐵路商務總局」，南洋招商自籌經費興建台灣鐵路。一八八七年於台北大稻埕開工，開工初期由基隆港口經台北到新竹，台北車站誕生。

台北府急起直追之種種，都不過是劉銘傳上任兩年內發生的事。

從音樂台再往前幾公尺就是公園出口，直條條的衡陽路伸展在眼前。

童年時的衡陽路上，除了有出名的布行綢緞莊、老字號大型藥房，攝影照相館、餐廳與南北貨商行，另外就是銀樓也不少。

看似與一般無異的銀樓，事實上卻暗中進行著外人不知的交易。

記憶中，母親牽著他的手，走進衡陽路上的某間銀樓，與老闆點個頭咕噥兩句，老闆遂掀起布簾，引他與母親走進狹小不通氣的暗室，只有一盞小檯燈散放微弱的光。

母親從皮包裡取出錢，銀樓老闆接過後低頭寫了一張紙條，交給母親。

那時他還不懂得，那是一張美金支票。

外匯仍受管制的年代，除非公司行號因商業需求而特別申請，一般老百姓少有機會接觸到外幣現鈔與支票。

懂事以後，了解了母親帶他鑽進那個臭黑小暗房的原因，心中的那份孤寂感與罪惡感，在記憶中烙印下了他對戰爭陰影的初體驗。

兩岸未開放的動員戡亂時期，但凡還有親人在大陸的外省家庭，莫不想盡辦法透過第三地，企圖打探家鄉的消息。

透過外公一位住在香港的學生居中協助，他那位留在湖南已出家的外婆，終於與他們取得了聯繫。一旦搭上了線，母親的下一步就如同所有那些在台親人，知道對岸的生活當時普遍困苦，總會想方設法寄錢過去。

從黑市買美金支票，寄至香港轉信人手中，再換成匯票寄到大陸。每一次都是這樣的波折輾轉。那位非親非故的轉信人，竟然也就無償無尤地，為他們家服務了三十年。

非得遇上這種大時代的悲劇，才會發現人性中的互助同理之心是無法被泯滅的嗎？

更讓他驚訝的是，當年這種地下外幣黑市竟然信用可靠。鋌而走險的銀樓商家，能從這些小額買賣上擠出多少油水？

恐怕也就是另一種將心比心，為戰後離亂的人世，提供一點小小的安心。

順著衡陽路一路走，就會接上中華路，進入西門町。

西門町商圈，成都路昆明街峨嵋街，百年前都尚屬城外。東西南北四座城門圍起的部分，才是古早真正的台北城。出西門為艋舺，出北門為大稻埕，出東南二門，在開府初期則仍是寥落番地。

他之前只知衡陽路博愛路一帶為早年日據時期著名的榮町，殊不知早在劉銘傳時期，因「急公好義坊」原本座落於路口而得名的「石坊街」，便因招商有成，已有大量商行店鋪林立，完備了商圈格局。

石坊街，原來就是現在的衡陽路。

彷彿又看見興致勃勃的劉巡撫，準備繼續大展身手打造心目中現代化的市中心：從上海運來人力車與馬匹，將原本泥塵飛揚的土路鋪上石條，接上電氣化路燈，開鑿新井，提供公共清潔用水，繁榮商街的概念與西方相比毫不遜色。

十九世紀的現代化概念，已在劉銘傳建城計畫中展露無遺。日本人占領台灣後，會選擇在台北設總督府，可見已有的設施，或說「都市計畫」，都已具有一定規模。

日本參謀本部一八九五年七月所刊之《台灣誌》，曾對台北城之「現代化」景象做了如下報導：

> 府城內有台北府、淡水廳等之衙門，又有文廟、武廟、天后宮三大廟，均甚壯麗，市街規模廣大，絕不似清國一般市街。大街寬有六間，雖狹處猶有二間，然而因屬新開地，尚未普建街衢，尚有三分之一為水田，然預料數年後，在城內將至不留有水田之痕跡。家屋概為二樟造作，絕

不見清國風之汙穢。有七八個電燈照耀滿城，亦有公共馬車和人力車自在通行市街，稍似上海之居留地。

對於最後那句「稍似上海之居留地」，早先他並無感覺。第一次去上海要等到二〇一六年，說來簡直老土。

從上海回來，再看到衡陽路上的兩排建築，那時都已卸除了外觀上的加工裝潢，裸現出日據時代洋樓的原本面貌，他心頭一震，彷彿第一次用日本人的眼光，看到被接收的台北府。

石坊街未來將是他們心目中的小上海；拆掉城門，往外拓展，再依原宿街市藍圖打造出西門町。

中國租界地風情合併母國現代化形象，多麼時髦！

歷經統治幾番更迭，從石坊街到衡陽路，不管名稱為何，上海的風味始終在此瀰漫。

戰後遷台的外省人也立馬在此嗅到了記憶中的味道。白先勇筆下的人物，操著上海話的尹雪艷金大班，一定要去衡陽路上的綢緞莊選購上好的料子。

滬式男士理髮、上海西服訂做、上海包子三六九……都是他印象中早年衡陽路上店招上會打出的字樣。直到現在，仍有「上海聯合藥局」、「上海極品軒」在提醒著衡陽路昔日的風華。

上了高中，上下學都要轉兩趟公車往來於永和與台北。戴著大盤帽，穿著卡其軍訓制服的他，這才要開始一個人的都會足跡。

放學後搭二十路公車到衡陽路再轉車，等於是繞了遠路，這樣就可以在西門町混一混，去中華商場的唱片行，去至今仍在營業的楊桃冰，還有楊桃冰隔壁的地下室，那間消失很久的「中國書城」。

那時，師大附中都還有高一「小週末」上半天課的慣例，為的是鼓勵學生週三下午參與社團活動。但他從不留校，中午一放學就先衝到了衡陽路上，吃一餐焗烤通心粉，然後趕一場電影。

他第一次吃到焗烤通心粉這玩意兒，是跟同學在衡陽路上一間開在老洋樓裡的「洋食店」。

叫它西餐廳似乎不太對，因為口味更偏向日式定食。店裡還有一味好吃的炸豬排快餐，盤上擠著一坨美乃滋，還有小丘似的高麗菜細絲。

從美國剛回台時，他曾經非常懷念那家店的口味。店早就找不到了，他向許多老台北打聽：是收了還是搬了呢？最早店名叫「快樂」，後來一度改名叫「快鹿」——知道這間餐廳嗎？

知道且學生時代去過的人還不少，但是奇怪的事發生了。

每個人形容它所在的位置都不相同。有人說在桃源街口，有人說在博愛路口，也有人說在合作金庫那棟昭和古蹟的隔壁……而他則記得的是，快到重慶南路那頭星巴克的附近……

確定的是，在衡陽路上沒錯。但是怎會就問不出相同的答案呢？

簡直是科幻片，還是宮崎駿《神隱少女》裡的情節了。有魔法的洋樓，在每個人各自的生命時間點上，會出現在不同的地方。

（也不過是三十幾年前的事……）

他想，如果有一天，五六年級生開始印象模糊，衡陽路與重慶南路口上曾經有過一家金石堂，從一九八四年開幕到二〇一八年才熄燈，恐怕也不用太驚訝。

一百年前的事就更不用提了。

大學時代某日，走在朝遠東百貨方向的路上，他發現不知何時多出了一塊不起眼的黑色石碑，就在衡陽路與寶慶路會合的那塊三角地帶。

有些蒼涼地佇立在那兒的石碑，上面刻著「寶成門舊址」，並說明城門當年乃艋舺商紳捐貲所造，位於正前方二十公尺處。還記載著當時地方人士多方奔走仍無法搶救甚感悲憤……云云。

在平交道叮叮放下柵欄、火車轟隆隆穿過西門的鬧聲中，他帶著惋惜卻又崇仰的眼神，望向了前方的空白。

後來他才搞清楚，那塊空白處即西門圓環所在。那年，以改善交通為由西門圓環被廢，所以才於這個路口立了這聊備一格的紀念碑。

黑石紀念碑於二〇一七年遭人蓄意毀損，次年改立卵型石雕，並將其中央挖出方形洞口，洞口中放了一個迷你的寶成門模型。

他繞著這個新裝置前後左看右看，感覺它長得很像路邊的一個垃圾桶。

朋友笑他沒見識，教他要從洞口看出去，會出現模型與景深合一的透視效果，宛若城門依舊。

過境

電影一開場就是一起車禍發生，故事主人翁江阿發是一個台北的掃街工，某日清晨他被一輛美國軍用轎車給撞傷了。

這是改編自黃春明一九七二年發表的短篇小說〈蘋果的滋味〉，連同他另外的兩個短篇，〈兒子的大玩偶〉與〈小琪的那頂帽子〉，於一九八三年拍成了一部三段式電影，在台灣電影史上被認為是「台灣新浪潮電影」的先鋒之作。

電影鏡頭跳接至美國大使館，辦事人員接獲電話消息。美國官方對這起意外特別重視，立刻將受傷的江阿發送到了美軍專屬醫院，接受最好的治療。

看到這裡，他從斜臥在沙發上的姿勢，立刻彈起轉為正襟危坐。

等一下！畫面中出現的那棟土色建築，並非代用的搭景，確實是一九七九年以前一直存在的，美國大使館呀！……

怎麼以前從沒發現，被拿來當作教材的老電影裡，竟然暗藏了這麼一個珍貴鏡頭？

是無心的就地取材？還是預知它即將消失而偷渡？短短幾秒的一個遠鏡頭，比任何新聞檔案中的黑白照片要真實太多。

（咦，當年的美國大使館不是變成了後來的「光點台北」？）

許多媒體的確經常這樣以訛傳訛。他查證後發現，中山北路上那座氣派美觀的白色花園洋樓，從來都不是美國「駐華大使館」。

日據時期，它曾經是美國的「駐台北領事館」，執行的是美日之間的外交業務。一九四九年國府遷台之前，美國大使館的地點則是在南京市西康街。

一直要到一九五〇年，美國政府才又重新承認中華民國政權，於台北設立大使館，地點位於北門不遠處，現今的中華路一段二號。

一九七九年「台美斷交」，大使撤離，人去樓空，遺留下北門附近的使館，以及中山北路上的大使官邸，皆荒廢了一段時日。

後者在一九九七年指定為三級古蹟，重新整修後在二〇〇二年重新開放，成為「光點台北」。至於前者，他驚訝地發現，已在一九八九年被拆除，原地蓋起了一座新高樓，隸屬財政部台北國稅局。

（為何拆除的是大使館，而非官邸？難道只有我會有這樣的疑問？）

意外撞見美國大使館在片中如幽靈般顯影，這回重看〈蘋果的滋味〉令他格外感慨，不時分心想到了在那棟看似樸實古舊的樓屋中，台灣人的命運被看不見的手一次又一次地翻轉。

沒有韓戰爆發，美國不會將台灣視為戰略要塞，與早已任其自生自滅的國民政府重修舊好。

要不是杜魯門總統革職了麥克阿瑟，「一年準備、二年反攻、三年掃蕩、五年成功」或許不會淪為美夢一場。

若非越戰失利，美國為聯中制俄，或許早已採取在中南美洲或其他東南亞國家常見的手段，一個新的台灣國可能於焉誕生……

包括像〈蘋果的滋味〉裡的江阿發也不例外。

美方人員在外事警察陪同下，找到了江家七口居住的違章建築，發現貧窮的這家人還有一個啞巴女兒。除了致上慰問金之外，美方乾脆一併安排啞巴女兒送去美國接受特殊教育，做為對肇事的補償。

受傷的江阿發意外得到這麼多的眷顧，心裡想說還好是被美國人給撞了。故事結束在一家人和樂融融，吃著這一輩子也不可能買得起的美國蘋果。

大自歷史軌跡國家命運，小至個人生涯前途，美國對這個島的影響力無處不在。

當年的作者不得不以含蓄的手法躲過可能的禁忌審查，用江阿發在車禍中被鋸掉雙腿，失去行動自由但獲得了家境改善，暗喻台灣為交換美國的援助所付出的代價。通篇採喜劇的基調，也沖淡了敏感的政治味。

歷史自然要比小說來得更陰暗曲折。

就連他這一輩人也不一定都搞得清楚「中美共同防禦條約」是蝦米碗糕。早年駐台美軍殺害台灣人，最後卻無罪釋放的眾多案例仍見諸檔案。如果要深究這篇小說的情節安排，江阿發為何能免於類似下場，反被高規格親善安撫？

看來，這篇小說並沒有他年輕時以為的那麼簡單。

如果美國官方的善行不過是藉機作秀，美方忌憚的又是什麼？

小說中並沒有多做解釋，似乎想要留給深諳歷史脈絡的讀者去體會。

一九五七年五月二十四日，台北爆發國府遷台以來，首度也是最嚴重的一次反美示威暴動。

數千激動的民眾衝入北門的美國大使館和美國新聞處，抗議美軍雷諾上士槍殺自己同胞劉自然後卻無罪釋放。群眾先是以石塊投擲玻璃窗戶，場面逐漸失控後，群眾湧入大使館內，搗毀館內設施，甚至許多機密文件因此散落在街頭曝光。

案情發生在三月二十日深夜，美軍上士雷諾供稱，劉自然潛入他家偷看他太太洗澡，以為是小偷故將其擊斃。

但也有一說，雷諾與劉自然共同涉及美軍福利社（縮寫PX）的黑市買賣，可能是黑吃黑所引發的仇殺。

當時美軍在台享有治外法權，不受台灣司法管轄，美國軍事法庭五月二十日開庭，五月二十三日下午即宣判雷諾無罪開釋。

五月二十四日上午十點，劉自然的妻子來到位於北門的美國大使館外舉牌示威，上面以中英文寫著：「殺人者無罪，我控訴！我抗議！」接著展開絕食靜坐。

十一點四十五分，中國廣播公司播出她的訪談後，更多示威民眾前往北門附近聚集。

當示威現場傳出雷諾已經搭乘包機飛往菲律賓後，憤怒的群眾翻牆衝進大使館，燒美國國旗，砸冷氣機，數位美國職員也遭毆傷。群眾繼續轉往美國新聞處破壞了門窗玻璃，又接著包圍了美軍協防司令部。

（各位，這個場景是不是有點眼熟？）

早年的憤青覺青知青們不是翻牆衝進立法院行政院，竟然他們突擊搗毀的是，美、國、大、使、館！

儘管美國大使曾向當局提出「嚴正抗議」，怒砸大使館事件卻沒有造成兩國間的摩擦緊繃。老蔣總統在日月潭行館接見了美國大使藍欽，一番長談（角力？）後，最後府方也僅以「遺憾」，「並非反美行動」等說辭就讓事件落幕冷卻。

原來，當年的「中華民國政府」不是毫無籌碼的。只不過到了今天，還有多少人會認帳，這些籌碼是用無數青春的生命換來的？

愈是繼續鑽研，愈是讓他感到陣陣心驚。

在台北中山北路、接近圓山的路段上，曾經有過那麼一間深不可測的

「西方公司」。

小時候他就聽大人說過，每個經過那棟建築的計程車司機都知道，「西方公司」並不是一間普通的船務公司——

那是美國CIA中情局辦公室。

冷戰時期，美國在全世界的布署始終是大使館與CIA雙軌並進，各自卻又獨立行事。

韓戰初歇，美國對中共的下一步日感不安。一紙「中美共同防禦條約」雖阻止了中共侵台，但是美國政府並非無條件扮演救世主，台灣必須付出相對的代價，證明自己成為同盟的能耐。

由「西方公司」主導的中共敵情偵察任務，結果就落到了中華民國空軍的身上。

飛行員冒死一趟趟深入大陸偵拍匪情，然後把資料交給美方。能夠飛得回來是運氣，被擊落是早有心理準備的宿命。

前仆後繼，犧牲了數百位優秀飛官，只為換得美國的信任與支持，同時讓台灣對於美國而言，成為不可或缺的工具。

前有空軍三十四中隊的一群黑蝙蝠，後有三十五中隊的黑貓勇士，夜裡待命，平靜地把消夜吃完，著裝，登機。

不說再見，卻心知肚明，或許再也不得見。只能等到隔天，發現隊上一下子變得空蕩蕩，又有十幾個弟兄，來不及跟他們說再見。

在那個年代，生命短暫只是他們的青春日常。

「但是我的犧牲會換來全島百姓所需的美援——」腦子裡就只有這麼簡單的一個邏輯，懷抱著不知是否真會因此實現的和平之夢，他們就這樣視死如歸，乘風而去。

在當年執行的是見不了天日的祕密任務，慘烈英勇的事蹟，一直要到解嚴後的一九九〇年初才終於曝了光。

殉職的他們進不了忠烈祠，甚至無法由軍方出面，正大光明地為他們舉辦莊嚴的公祭，最後都只能悄悄地被葬在位於碧潭的空軍公墓。

生前的至親好友，可有人問過他們：這樣出生入死，值得嗎？

後來因此在島上安居樂業的老百姓，在終於知道了他們當年的故事後，可有人會為他們一掬同情淚：值得嗎？

（靜靜躺在那兒的他們，有答案嗎？）

在小說家的虛構中，美國基於台灣的利用價值，以及「萬一又死了一個台灣老百姓」的前車之鑑，因此不敢掉以輕心，才會傾力演出了這場「中美關係友好」吧？

停下放映中的影片，他不免在心中暗自感慨：或許，同江阿發一樣只會傻傻吃蘋果的台灣老百姓，其實從來沒少過。

新世代的讀者，沒聽過劉自然事件，不了解空軍烈士們如何捨生換美援，頂多只看到故事中小人物的卑微，以為這就叫鄉土文學。

少了這些歷史的背景知識，讀〈蘋果的滋味〉必然就缺了一些滋味吧？

「劉自然事件」發生二十一年後，位於北門的美國大使館再次被憤怒的民眾包圍。

越戰的砲聲隆隆猶在耳際，中南半島接連赤化。一九七八年十二月十六日凌晨，時任中華民國總統的蔣經國，夜裡因美國大使安克志緊急求見而被突然叫醒。當時距離美國總統卡特宣布與中共建交，只不過剩下幾個小時。

毫無預警的出手，所謂的盟友邦交那一刻撕去了包裝，露出國際現實的無情真相。大批示威民眾湧向北門，在大使館外靜坐抗議美國的背信忘義。

一幅幅激動悲憤的布條標語，一遍遍高唱〈龍的傳人〉，都已經挽不回國家一步步被邊緣化的命運。

美方派出副國務卿克里斯多福來台善後，一出機場就碰到路上滿滿全都是抗議的民眾。

他們朝座車砸雞蛋，憤怒地叫囂，有人還跳上了車，砸毀了車窗。副國務卿遭碎玻璃割傷，大使的眼鏡也被打破。

他仍清楚記得，在電視新聞畫面上看到座車裡的克里斯多福，在面對層層包圍的憤怒民眾時那一臉的驚恐。

為什麼北門旁的大使館最後會被拆除？

或許，對於雙方來說都是一頁羞辱，必須撕去不再被提醒。

果然，這樣的效果已經達到了，他想。真的已經沒什麼人記得，北門附近曾有美國大使館這段往事。

兩度曾遭憤怒民眾包圍的大使館，暗藏其中還有多少的祕密，也只能隨之埋葬於砂石瓦礫下了。

一九八九年初夏，他抱著一個裝滿資料的牛皮紙袋，走進了位於信義路上的美國在台協會（AIT）。

收到了美國研究所的入學通知，其實當時內心仍是猶豫拉扯的。寫作出書剛小有成績，已經離開校園好幾年，本來出國念書已不在他的生涯選項中。

現在想要出國旅遊，可以說走就走，但直到他出國念書前，十六歲到三十歲的男性國民仍然受到出境的管制。想要暫離這座封閉的小島，看看外面的世界，留學成了當時不得不的途徑。

雖說那個年代，他還相信著「男兒志在四方」這種口號，但真正推了他一把的，說來有點好笑，是當年美金的大幅貶值。

後來他常開玩笑說，要不是台灣人這麼會賺美國人的錢，逼得美國出手干涉匯率以平衡貿易逆差，哪有去美國念書的命。

與其說當年出國懷抱著美國夢，不如說他的「台灣夢」已在悄悄萌芽。終於開放了，解嚴了，這個國家一切都在升級。科技經濟之外，他那時更夢想著文化升級勢在必行，台灣的文學戲劇還需要更廣大的視野與養分。

拿到了博士學位又教了幾年書，在九一一事件後他揮別了美國。

這一趟來去就像打通了他的任督，不僅了解了更多台灣過往未被公開的真相，也更深入美國社會探究了它們制度運作的本質。

中年後的他驀然回首，依然會為此糾結：究竟是我過境了美國，還是美國人過境了我的人生？

回國之初曾任教於英文系，每當聽見從小就在美語安親班長大的學生們，總愛彼此呼喚著「班潔明」、「芮貝卡」，還是「賽琳娜」……什麼的，他就會聯想到，一群不食人間煙火的小貴族在開派對。

於是，每次開學第一堂課點完名後，他就先對他們把話明說：

「我不會用英文名字叫你們。學習外文不是訓練你們如何更像外國人，而是希望你們有能力閱讀外國的第一手資訊。要把自己看作是國家的外語人才，英語不是拿來吃喝玩樂時用的，懂嗎？」

那當下有的學生垂頭，有的臉上露出一副難以置信的表情直盯著他瞧。

他想，也許現在只愛吃蘋果派的他們，真正的蘋果是什麼滋味，恐怕已經都形容不出來了。

何夕

每次經過大巨蛋的工地時，他都要仰頭對著那龐然大物皺起眉頭：為什麼大家還能繼續忍受這樣一幅殘敗？

就算完工，那景觀也是突兀如一座外星人太空船降落，他想。整個破壞了周遭原來的地景，國父紀念館上空那令人心曠神怡的天際線，如今已不再完整美觀，只剩一片令人感到壓迫的視覺屏障，有一種很不真實又奇怪的似曾相識。

後來他想起來了，好萊塢末日電影最常製作的特效場景，就是讓酷斯拉或金剛一腳踩垮這種都會中心人群聚集的大型建築。

就算把美感問題擺一邊，這樣大型公共空間建案能一直這樣延宕，為什麼大家都見怪不怪？

一九九〇年代就已納入了重點國家建設規畫，一直到了二〇一二年才終於動工。BOT模式牽涉了太多商業集團與協力廠商，一會兒停工一會兒復工，市政府與集團之間紛爭不休。

他想像，如果他有一個小孩與計畫同日誕生，等到大巨蛋完工啟用之日，那個小孩都已經成為人父，他都是阿公了。

一個場館跨經三代仍未完工，也算寫下紀錄了吧？

可他明明還記得，台灣人曾在七個月內，就把一座雄偉現代的體育館給蓋好了。

為何以前能，現在萬萬不可能？

一九六三年十月，能夠容納一萬兩千多名觀眾的「中華體育館」落成，即時趕上亞洲籃球錦標賽的開幕。

台灣拿到了第二屆亞洲籃球錦標賽的主辦權，卻因國內沒有一座像樣的國際化場地，差點就要開天窗。最後竟然是由一位泰國華僑二話不說，掏出了當年三千萬新台幣投資興建完成。

這位愛國華僑林國長先生，同時也是中泰賓館的創辦人，到今天南京東路四段上還有一棟氣派的國長大樓，只是很少有人知道名從何來。

一九七一年。還在讀幼稚園大班的他，牽著父母的手，擠在一堆盛裝的大人之中。

那晚是第十七屆亞洲影展的開幕晚會。中華民國第二次擔任主辦國，在中華體育館舉行了盛大的「亞洲之夜」，歡迎來自十幾個亞洲國家的電影代表團與開幕表演的嘉賓。

母親突然手指前方要他留意：日本藝妓，快看！他還不懂藝妓是什麼，只見一位面塗白粉，絳唇小口的女子，穿著包裹得複雜華麗的黑色和服，婀娜小步匆匆走過他們身邊，還微微欠身答禮。

事隔多年他始終記得那個畫面，但不免懷疑那天看到的並不是藝妓，而是日本傳統歌舞伎演員，通常都是由男人扮演女角。

母親的誤認一直讓他覺得錯得很可愛。

那些年父親在大學任教之餘，也曾接下不少電影藝術指導的工作，其中《蚵女》與《養鴨人家》還兩度榮獲亞洲影展最佳藝術指導獎。那天父親是以歷屆獲獎嘉賓身分出席，他們的位子在第一排，每一國的代表團進場時，該國的電影明星們都列隊走過他的眼前。

長大之後對台灣電影發展做過一些研究，他才知道，那一年在台北主辦亞洲影展，有什麼特別意義。

上一回擔任主辦國是一九六四年，卻發生了不幸的空難事件。

香港電影集團的大人物們趁來台參加亞洲影展之際，順道勘察擬在台灣投資興建大型影城之可能，意圖打造東方好萊塢與日本電影一拚高下。一行人卻在從台中搭機趕回台北參加閉幕的途中，失事全部罹難。

傳說紛紜的一樁歷史懸案，據說是機上被放置了炸彈，東方好萊塢計畫也隨之灰飛煙滅。

一掃七年前陰霾，再次主辦只能成功不許失敗。只是沒想到，影展落幕後半年不到，中華民國便宣布退出聯合國。

越南高棉相繼赤化，但在他童稚的心中，一直還留存著與這兩國曾經有過近身接觸的記憶，就在中華體育館的那場「亞洲之夜」。那晚，越高代表團裡穿著自家傳統服裝的影星們，如今生死未卜。

沒人知道他偷偷在關心著。

直到有一天，他在報紙上看到一則報導，曾來台北參加過亞洲影展的高棉影后李莎月失蹤，疑已遇害。那個美麗的女星就這樣死在戰爭中了？……小小年紀的他感到一種無法形容的困惑與悲傷。

李莎月當年主演的《蛇魔女》，不光是在台灣，在整個亞洲地區都大賣座，甚至也在港台掀起過一波蛇片搶拍風潮。

好在多年之後，有朋友從維基百科上查到原名 Dy Saveth 的女星，當年順利逃往了法國，一九九〇年代返國後繼續拍片。四十多年前的訛傳，終於真相大白。

（電視上說，只要是學期成績前五名的小學生都可以免費入場啦！我也要去看啦！）

時間一轉，到了他小四這年，美國的「白雪溜冰團」首次來台演出，地點就在中華體育館。

小朋友不可能自己入場，連帶著就是大人兩張票。萬一散場時公車已收班，還要加上一筆計程車費。任他怎麼央求或賴皮，父母親都不為所動。

他的成績一直很好，好到被爸媽當成了理所當然的家常便飯，害他私下反倒常羨慕那些成績較差的同學，只要進步幾名就讓家長開心不已。

但，也就僅此一次，想要得到一個獎賞變得理直氣壯。況且，還不是他自己要求的，是「人家要請我去看」溜冰表演啦！

那個寒假裡，想去看「白雪溜冰團」成了他不可阻擋的執念。每天都把成績單準備好，希望爸媽能點頭。

一直捱到開學前，寒假的最後一天——

那天晚上非常冷，中華體育館外卻熱鬧非凡，擠滿了嘰嘰喳喳雀躍的小朋友。他的爸媽彷彿也感染了那份節日般的喜悅，沒有因為大排長龍延遲入場而不耐。

他一手握著父親，一手抓著當年還是鋼板油印出來的成績單，在入場人潮中緩步移動，覺得自己是個幸福快樂的小孩。

（可以用這幾個字來形容的記憶還真不多啊……）

拉斯維加斯式的冰上璇宮在眼前如夢境般揭開了。場中央白色冰地上那五顏六色不停變幻的七彩燈影，造型華麗如在水面上無重滑行的那些冰上冠軍們……

他必須張著嘴呼吸，否則要發出興奮的笑聲簡直來不及。

這裡真的是電視上每年轉播「四海同心」國慶晚會的同一個地點嗎？他恍惚覺得自己身在一個童話異境，而且，只有好孩子今天晚上才會享有這樣的特殊待遇。

他記得，當晚回家後，父親還幫他完成了一個勞作。

他們找來一個紙盒，把紙盒布置成他們剛剛才看過的冰宮舞台，再剪下節目單上那些冰上明星的躍跳英姿，一片片立貼在盒中。

這個可供回味把玩的小模型，讓那晚的幸福感又延續了好幾天。

對各種「滑冰」錦標賽（溜冰這個詞後來怎麼就被替換掉了？）的轉播會留意，大概就是從那時開始的。

幾年後，美國滑冰選手中首次出現了一位華裔面孔，父母來自台灣的陳婷婷。

新聞中說，曾經一度因為比賽成績不理想，叛逆期的少女乾脆加入了白雪溜冰團，不再出賽。她的母親接受訪問時表示，參加溜冰團四處巡迴表演，女兒學了一身不好的習氣，讓她很傷心。

童年時的冰宮夢境，在讀完報導後突然就裂出碎痕。以前的他從沒想過，那些苦練十餘載終於拿到獎盃的冰上選手們，年紀輕輕就隱退之後都去了哪裡？

還有那些選美皇后們。也許，都在狄斯奈（那時還不叫迪士尼）遊樂園裡扮演白雪公主？

一九七七年的夏天，中華體育館外夜夜人龍繞行三圈。

同一時間，更多觀眾正守在電視機前，等候現場轉播。自早年家家半夜起床看威廉波特少棒大賽之後，很久沒有出現過像這樣讓全台瘋狂的體育熱。

既然外交處境受到打壓，沒法參加國際體育競賽，不如自己發起主辦全新賽事，以多年來支持台灣的國際籃球總會祕書長，雷納托．威廉．瓊斯為名，「威廉．瓊斯盃國際籃球邀請賽」於焉登場。

第一屆包括美法韓泰丹麥……等共派出了十幾個國家代表隊，中華體育館每晚座無虛席。每當中華隊出戰外國兵團，全場聲嘶力竭加油的景象透過電視畫面，火熱了每個人的心口。

還有那帥翻了的洪濬正、洪濬哲兄弟。

身高不滿一米八，卻在場上力抗美國長人隊，表現了出色的球技與昂揚鬥志，成為家喻戶曉的男神偶像。洪濬正次年即被美國網羅，成為第一個進入國外球隊的台灣籃球明星。

在那個台北沒有第二座大型場館的年代，中華體育館包辦了所有國內的重要活動。

三年後，此地又再次吸引了全國的目光。

這回的轟動是由於首度迎來了國外當紅藝人的台北演唱會。直到今天，他仍會在媒體出現「歷史上的今天」時，看到當年空前的這一筆。

唐尼與瑪麗奧斯蒙的電視綜藝節目《青春樂》當時已在中視頻道，每個週日的晚上播出許多年了，在台灣擁有非常高的人氣。

這對兄妹，哥哥走搖滾路線，妹妹走鄉村歌曲風，青春無敵的搭檔，說學逗唱魅力十足。電視上的男神女神翩然來台，每天的行程都是新聞頭條。

演唱會在六月，台北天氣已經非常炎熱，而當時的中華體育館甚至還沒有冷氣設備！瑪麗奧斯蒙一度在後台中暑暈厥，但每晚兩兄妹還是靠著氧氣瓶支撐賣力演出……

當時媒體上天天都是兄妹倆活潑親民的新聞，讓高一的他無法不相信，美國男孩女孩過的就是陽光歡笑自由的人生。

他特別去Google了一下，原來唐尼與瑪麗只相差兩歲。

唐尼六歲就與四個哥哥組團登台，一九七一年以一曲〈走開，小女孩〉（*Go Away, Little Girl*）登上排行榜第一名，成為青少年偶像後再拉拔妹妹出道，一個家族事業體全因唐尼而成就。

大學的時候，他偶然聽到唐尼翻唱強尼．馬賽斯的那首〈不渝〉（*The Twelfth of Never*），訝異一個尚未變聲的小男孩，歌聲竟如此憂傷，唱出那求之不可得的苦戀，直白毫無矯情。

小男孩懂得那些歌詞在說什麼嗎？他懷疑。如果不是老天爺賞飯吃，悲摧嗓音渾然天成，那就是歌聲的背後另有故事。

變聲後的嗓音再沒了那種深情特質，所以只好改走搖滾路線。

就像是麥可．傑克遜的白人版，唐尼從小就開始賣唱養活一家子。雖未像傑克森家族日後手足反目分崩離析，但是誰知道呢？在唐尼與瑪麗總是笑靨如花的陽光形象背後，童星的人生恐怕不是一般人所能想像。

是否反而該慶幸，他沒有像麥可．傑克遜那樣一躍成為天王，最後被自己的童年陰影吞噬？

在唐尼瑪麗來台的半年前，還有另一位更耀眼的影后大駕光臨，參加了金馬獎的頒獎盛會，那就是有「玉婆」之稱的伊麗莎白．泰勒。

也是童星出身的她，青春期以一部《玉女神駒》成功轉型，之後得過兩座奧斯卡最佳女主角獎，五十歲後仍活躍水銀燈下，「玉女」就自動被中文媒體升級成了「玉婆」。

已年過半百的他，在回味著這些國際藝人來台的點滴時，突然注意到某些不尋常。

為什麼之前從來沒有伊麗莎白．泰勒這種等級的美國巨星來過台灣？

中華體育館的場地條件如此不佳，奧斯蒙兄妹為何會首肯獻唱？

台灣與美國於一九七八年底斷交，為何卻在接下來的一年半之內，接連有台灣人夢想不到的美國演藝大咖來訪？

應該不是巧合。

那年與伊麗莎白．泰勒同行的，還有她當時的第六任老公，美國參議員約翰．華納（John Warner）。所以說，玉婆那次來訪的身分不光是好萊塢巨星，同時還是參議員夫人！

四十年前的台灣人哪能嗅得出，美國外交操作手法的靈活？畢竟那還是資訊封鎖的戒嚴時代。

想到這裡他不免莞爾。從白雪溜冰團到奧斯蒙兄妹，原來他們這一代對美國文化的印象，就是這樣一點一滴成形的。

開始準備美國研究所入學申請資料的時候，他同時在心裡也默默列出清單，趁著在國內的最後一年，有哪些以前從沒有做過的、或是一定要再做一次的事在等著他。

那些年台灣經濟快速成長，消費力也大幅提高，國外藝人來台獻唱愈來愈常見，甚至連天王級的史提夫·汪達都請得動。

（當然是在中華體育館，不然咧？）

可是他已經不像青少年時期對美式流行文化那麼好奇追隨了，對英美戲劇與歐洲藝術電影可能還要更熱中些。這些流行樂手的來台，並沒有引起他太大的關注。

反而在電視轉播上，看到台灣歌手首度舉辦的跨年演唱會，他說不出為何，感到激動莫名。

當年的文青們，有誰不愛潘越雲與李宗盛合作的《舊愛新歡》？或是張艾嘉的那張有許多首夏宇（化名李格弟）作詞的《你愛我嗎？》、還有李泰祥加齊豫的經典《有一個人》，以及⋯⋯

這群歌手就在那年的中華體育館，以「快樂天堂」為主題，不僅是從一九八六跨向八七，更帶領台灣創作音樂跨向另一個紀元。一定要親自到現場感受一下那樣的氣氛，他想。

離台清單上遂記下了一條「滾石跨年演唱會」，並開始期待著一九八八年十二月的到來。

十一月二十日，距離跨年倒數僅剩一個多月的那天晚上，台灣史上最大吸金集團「鴻源機構」，在中華體育館舉行了類似老鼠會的「團結大會」，藉聲光璀璨與浩大聲勢，企圖掩飾不合理的高利回饋背後，經營模式已出現的瘡痍。

集會的高潮，在萬人對金錢的膜拜歡呼聲中，沖天炮滿場飛射，造成了中華體育館的頂篷失火，災勢一發不可收拾。

就這樣毀了。

起初出面願意負責的「鴻源機構」不久後惡性倒閉，投資人血本無歸家破人亡頻傳造成的社會震盪，遠壓過對場館重建遙遙無期的關注。只剩殘體的中華體育館被拆除，就這樣，它的存在與消失，慢慢地都成為了過眼雲煙。

曾經在那個有錢出錢有力出力的貧窮年代，它誕生了；卻是在台灣正開始邁向富裕之際，被一場貪婪的金錢遊戲燒成灰燼。

那場大火在他的記憶中，猶如一個恐怖的寓言，即使現在想起來，仍讓他感到一種既荒謬又真實的幻滅。

走在敦化北路上，他只能按照地圖的提示，大略目測出當年中華體育館所在的位置。四周的景物，如今沒有一點線索能召喚出曾經的地貌。

沒有另外一個地方，能像中華體育館留給他的印象，總是充滿了歡呼聲與掌聲在背景中迴響著。

出國前到底沒能聽到跨年演唱。如此一來，他此生最後一次走進中華體育館的記憶，便是大四那年的台大校慶晚會了。

他在台上接受十大才藝學生的頒獎，他的父母親在偌大體育館的遙遠觀眾席上，按下快門，拍下一幀幀滿滿愛心卻畫面不清的照片。當時他還取笑說，距離這麼遠，人在台上這麼小，根本不可能拍得到嘛！浪費底片而已……

此生僅有過那麼一次，父母親開心出席了他的頒獎典禮，卻被他當成了尋常。

在美國拿到博士學位，一個人去拍畢業照，拍完照拎著脫下的全套袍服寂寞地走在路上，他才第一次感覺到沒有家人在身邊的孤單。畢業典禮他沒有參加，因為不曉得單獨坐在會場裡的意義何在。

縱使往後的歲月裡會有許多大小榮譽等著他，但是再也等不到的是，爸爸媽媽在台下為他鼓掌拍照——就算是被嫌照得晃動模糊，也不再有了。

但願母親天上有知，他已不再是剛回國時那個一切得從頭幹起的菜鳥博士。他知道病床上的母親到了最後還在擔心，自己是否能夠適應與他出國前已大不相同的台灣。也許母親以為，他的人生再回不去尚未出國之前的意氣風發……

不是的不是的。

她沒看到。她都來不及看到。

他停下手指在鍵盤上的動作，頓生今夕何夕的茫然若失，下一秒卻又彷彿聽見，內心出現了一個小小的聲音在怯怯喃喃。

（好想再當一次小孩，讓父母牽著手，去看白雪溜冰團……）

古早

老一輩的人都知道，永和軍公教人員特別多。

可能都像是他父母那種，曾經也是住過永康街的台北人，結果一搬進來就跟戶籍台北市永遠無緣了，甚至子女也都繼續在此生根。

真要按距離測量，「城中區」（西門町、台北車站、總統府）與當年永和鎮之間的路程，遠比從那兒去內湖或圓山要近得多。他不解，最早負責劃分行政區的人到底是怎麼想的？

明明台北市裡也有一條基隆河穿過，為什麼河對岸的內湖就不算是外縣市？隔了條新店溪，永和卻一下子就成了台北人眼中的鄉下。

應邀參加一個交流團出國，團員中有位旅居歐洲的台灣同鄉會會長大姐，同行十天他倆鮮少互動。旅程結束，抵台入境後全團一哄而散，有專用司機開車來載的大姐，看到他獨自在排隊等計程車，意外客氣地提議要送他一程。

等他坐上車才發現，竟然他們同路，她也是要回永和，她的娘家。彼此都為這個巧合吃了一驚。如果她不說他哪裡會想得到，跟這位看來養尊處優的大姐，還曾住過同一條街上！

路口那時候有一條水溝喔。

對啊對啊——

記得和美麵包店？

唉呀，那是我大衿她們家的！

還有間同名的委託行對不對？我媽媽常去他們家買東西。

是喔，旁邊那間溪洲戲院，有印象嗎？聽說還鬧鬼……

對長住海外的這位大姐來說，台灣恐怕也都快淡化成一個符號。聊起老家巷弄，眼前的貴婦卻立刻化身為曾經的無憂少女。看她那樣的興奮，他還以為他們在討論的是彰化鹿港還是台南安平。想不到永和竟然有這麼多讓人津津樂道的舊事。

記憶讓他們都柔軟了。外省軍公教與本地田僑仔，隔閡瞬間消失。奇怪的通關密語，打開了他們不隨意揭開的身世。

一直相信，正是這樣一個混合多元、既現代又陳舊、自成中心也甘於邊緣的小城，打開了童年的他日後會成為寫作者的一雙眼睛。

小時候，老家附近還有養豬，大家都用手壓泵汲取地下水。他相信對很多台北人來說，根本難以想像這樣的生活經驗。

從那個還帶著點鄉村風的小鎮，發展到如今人口密度全世界排名第一的台北衛星城，從鎮到市，從市到區，地名幾經更迭，日積月累的新舊共存，形成了獨特的面貌。

在他現居的這座大型現代社區高樓旁，竟然還留著一戶童年時常見的那種泉漳式泥磚平房，每天回家經過，他都忍不住要欣賞兩眼。何必遠赴鹿港或麻豆？只要有心，在永和的巷弄裡多轉轉，就不難發現這樣的角落。打卡自拍，旁邊的大樓留意不要入鏡，貼上臉書絕對可以亂真，說自己下鄉做了田野。

通往台北的中正橋一再地拓寬，永和人口不斷地增加。民國六十一年，重慶南路高架橋落成，直接連起中正橋。終於，進台北再也不必在橋上走走停停，上了橋一路直行就到了總統府。

之後，陸續又建起了福和橋與永福橋，再加上捷運通車，「上台北」用不了五分鐘。

像是住在台北，卻又不是真正的台北；若說它鄉土，它卻又像是都會的壓縮版。

現在網路上都有各鄉鎮的地方誌可查。永和可是從滿清時期就有記載了，古稱溪洲。因為它真的就是新店溪上的一塊沙洲，早期是平埔族的聚落。

清代的溪洲已有糖廠，想必當年有許多小船往來溪上，運載著貨物。後來日本人來了，建起了一座「川端橋」。

光聽這個雅致的名字他就可以想像，當時的小鎮很可能類似於，台北後花園般的一個所在。

他出生的時候，川端橋早已被改建的「中正橋」取代。

仍記得那橋初期窄仄的模樣，車子過了橋不能立刻進入台北，還得從西邊河濱繞個圈開進去。最早的公車只有四十五路和五甲（沒記錯，真有那個甲字），幾乎沒有一天橋上不塞車。

正因為從未被徹底地翻新都更，歷經一波波的經濟興衰，每一波退潮後，沙灘上仍留下了碎片遺跡。

於是，在他這種第二代、甚至第三代、第四代……的生根者心中，它永遠保有了「故鄉」的滋味。

三百年前可直通新店溪的溪底溝，如今仍穿過樂華夜市，在地面下暗暗流動。

舟船下貨，在店仔街集散交易，曾經繁華的聚落仍有見證，就是那至今已兩百多年歷史的福德宮，他記憶的初始。

他一直在那附近住到小學二年級。

當年就已經很古老的土地公廟，周邊店家形成了便利生活圈。補絲襪的，訂做胸罩的，賣雞鴨飼料的，都是再也看不到的營生，然而大廟的香火鼎盛卻更勝往昔。小小的街口無拓寬的空間，卻阻止不了宮廟設施的擴展，整條窄街因為土地公而得以保存了原貌。

之後從店仔街生活圈搬到了竹林路，看著中信百貨公司成為鴻源百貨，一度又由太平洋百貨接手。曾經是永和最時髦的商圈，捷運通車後風水輪流轉，人潮不再，一黯淡就是二十多年。

開了四十多年的小麵店倒是還在，第二代的經營者都已髮蒼背佝。十塊錢一碗陽春麵的時代，還穿著藍色太子龍小短褲的他，總是一邊吃著麵，一邊目不轉睛地盯著牆上花花綠綠張貼的電影海報。曾幾何時，麵店裡再也沒有電影海報了？

好在，他最喜歡的餛飩麵還是記憶中的味道。就是這個無法形容的口味，讓他在吃到花蓮某名店的扁食時，覺得不過爾爾。

在這個小麵店裡，餛飩還是叫餛飩。兩兄弟繼承了父母的營生繼續打拚，流利地國台語互換，招呼著客人。

打從他有記憶以來，那個哥哥都不曾笑過；那個弟弟，年輕時長得斯文白淨，永遠笑盈盈的。

以前看起來根本不像一家人，終於歲月把他們捏成了同一個娘胎的大叔。

總是暑假裡，一個人在永和街巷間穿梭遊晃整個下午。

那個穿著小短褲的男孩，在心中豢養著一個孤獨的靈魂，沒有人知道——恐怕連他自己都不知道。

成長的曲折蜿蜒也如同一條一條的老街，外人看來破落壅閉，但心事都藏在自己才知道的那些轉角。

竹林路，福和路，轉入大新街。又是一條永無拓寬可能的狹徑。

停在洋裁店前，看婦人踩縫紉機，那達達達車線的聲音，有種讓人愉悅的節奏。假人身上今天穿的是新衣，昨日那件被顧客取走了。穿上碎花新洋裝的女人，是要去什麼特別的地方嗎？

洋裁店不見了，那個一樓平房竟還在，成了修皮鞋的。在台北早就看不到什麼修皮鞋的了……為什麼記憶裡，修皮鞋的都兼修雨傘？

雨傘跟皮鞋，這兩樣東西配成了對，總給人一種漫漫長路的感覺。

國華、樂華、永和三家戲院是最早的，而後中信與金銀百貨公司裡都有雙廳式電影院，之後又開了福和與美麗華。

晃去每家電影院門口，把張貼在外的劇照與海報都看一輪，然後自己開始在心裡想像劇情。

能夠這樣自娛，是太孤單還是太幸福？

他懷念古早電影院的建築外牆上，那整面的手繪大廣告看板。

小鎮的電影院看板可不輸西門町電影街，隨著一家家搭上了首輪國片院線，看板也愈做愈大。三層樓高的尺幅，只能先切割成小塊，一個個局部完成後再準確拼裝在一起，這就是手藝。

他不僅愛看那些叼著菸的畫師工作，更愛看他們爬在鷹架上，用繩索吊送一片片的看板。因為那就表示，又有新片要上映了！總讓他滿心雀躍期待。

究竟是一部時裝愛情文藝大喜劇？還是民初抗日諜報功夫動作片？

或許先看到一個王羽的拳頭，或是先出現了甄珍的一隻眼睛，那是屬於他的拼圖猜謎，只能站在對街邊看邊猜，直到答案揭曉。

還有另一種畫師，單憑肉眼與黑色炭筆，就可以將破損小照片中的面容，召魂似地複製放大在畫紙上。外公家裡掛著曾外祖父母的「擬人像照」，正是這種手繪複製。

是畫師技術太差，還是因為畫中人的古式衣裝，小時候他總覺得這種人像看起來有點陰森森。

早年此地的人像畫師比雜貨店還普遍。做這行的多半是雙腿不便的身障人士，技術之外更需要的是耐性與定力。不必有店面，只要一個畫架，分租個小小角落，人像師就在那兒上起班來。

記憶中的這位人像師，父親經過他的小攤位時突然駐足，帶著他一起站在騎樓裡看他工作。

問他有沒有學過素描，當然沒有。身為畫家的父親轉身後嘆了一口氣：有天分啊，可惜了……

歷經戰亂顛沛後的年代，每一幀親人的舊照都是如此珍貴。

生存不易的社會，身障者困在畫架前消磨著自己的才華，日復一日修補著他人破碎的記憶。

這樣的技藝會失傳也是理所當然的吧？連後來幫人做電腦修復的照相館都一家一家歇業了。

後來，這些被科技打敗的畫師，都靠什麼謀生呢？

夏日的午後，影子很短，蟬聲很長。

然後，一轉眼暑假就結束了。

還在念大學的哥哥，騎著腳踏車，突然出現在他身邊煞住了車：「喂！一路叫你都沒聽見啊？低著頭一個人在想什麼？」

嗯……我在想……返鄉算不算人生中的一次前進？

多少從中南部北上的過客，曾在此眺望近在眼前的台北，遺留下他們人生中第一場打拚的美夢。而圓夢成功、終能移民台北的那群，偶爾憶及永和，恐怕也感覺恍如前世。

二十來歲時的他也有過高飛的夢想，住在最繁華的紐約曼哈頓，一樣無可比擬的便利，百老匯林肯中心大都會博物館，就像全年無休的百貨公司。

但是在那座城裡，他沒有自己的過去，它的過去裡也沒有他。

越發覺得自己其實就是個無可救藥的「鄉下人」，都會時尚不過是戲服，在別人的舞台上客串久了，都快認不得自己。

年過半百，世界繞了大半圈後，他又住回了永和，就近照顧年邁的父親。怪不得有那句俗諺：我過的橋比你走的路還要多。如今的他也到了可以用這句話教訓一下小輩的年紀。

童年時過橋的記憶，像是他人生中第一個似懂非懂的隱喻。

偶爾會想起，他那段在紐約的人生，不也是從甘迺迪機場出關，上車過橋，進入曼哈頓後開始的？……奔波花蓮的時光，也總是一趟趟往來於木瓜溪上……

曾經，那些過橋後的目的地，許多已成了人生翻過去的一頁。那一座座橋就像是串起回憶不可缺的迴路，不斷地切換著今與昔，離去與歸來。

所有的夢想，在你最接近的時候，往往一下子都顯得陳舊了。

總要有那麼一座橋才好，讓自己在過橋的那段路上，發現輾轉不歇的生活中還是存在著，可以短暫沉思的片刻。

往事不過一橋之遙；而抵達自己的內心，有時卻比夢想更需要長途跋涉。

庚子年春節方過，他就發現快四十歲的重慶南路高架橋無預警地，已趁著年假不聲不響地拆除了。

沒了高架橋，台北永和間的距離感彷彿也出現了變化。

尤其是回程時，以前只要一上高架，感覺就像已接近家門。如今多出來的幾百公尺平面道路，讓他的回家路乍顯遙遠了起來。

或者說，更像是路途中出現了一段陌生的空白。

據新聞報導，未來的中正橋將改建成一座全新波浪型的拱橋，採用的是

「透空拱肋大跨徑鋼」，聽起來好雄偉。看那預示的設計圖，會讓人聯想到雲霄飛車。

報導並指出，原來的橋墩與橋面則繼續保留。新橋將從舊橋上方跨虹般蓋過，川端橋結構因已列為文物古蹟而繼續存在，將來只供行人與自行車使用。

也算兩全其美了。但他仍感到有些失落。

因為已預想到完工後，來往於那陡然升高的波型大橋上，他將再也看不到從原來橋面高度所欣賞到的，同樣那一幅河上落日與子夜月沉。

曾經，只要是晴朗的好日子，傍晚時分過橋，新店溪上的一輪鴨蛋紅簡直滴得出油來。

比起淡水夕陽，這裡的落日更逼近眼前，就要朝自己飛來似地。

或是，偶爾買醉的夜裡，一個人凌晨三四點搭著小黃返家，他從橋上看到那巨型滿月散發的不是銀輝，而是柯夢波丹雞尾酒般的粉紅螢光。

總在這時立刻酒意全消的他，會喃喃告訴自己：正是為了等候這掌舵月，我才會在外遊蕩到此時分的呀！……

轉眼間，過往在那一端，他在這一端。橋上的人影，不知何時都已漸遠。

白首

他偶然間觀賞到那部經過數位修復的短片。已息影的大導演尚在美國念電影時的一個拍攝習作，記錄了冷戰時期的台灣，三個大學生，一趟造訪新竹五指山的行旅，時間是一九六六年。

不同於風景遊記，短短十九分鐘的黑白膠卷上，刻劃的是那個遙遠的年代，台灣年輕人浪漫、率真、充滿著夢想與活力的樣貌，與教科書中描寫的封閉壓抑的時代氛圍大異其趣。二男一女，清新氣質放在今天也會是某類偶像典型，讓人很容易聯想到楚浮的《夏日之戀》。

片頭一開始，他們搭火車從台北車站出發，車窗外的街景是綿延的中華路，行經中華商場，西門町圓環，開過了著名的「點心世界」，接著朝向當年還稱為「理教公所」、今被修整保存的「西本願寺」，繼續一路行進。然後，就在火車即將駛出鬧區的那一瞬間——

相隔著近一甲子的時光，遠方模糊的背景中，匆匆閃過一個店招，螢幕前的他，心在那一刻倏地抽了一下。

看不清店招上的字，但他認得那個位置。

那兒曾經有一家北方口味的餐館在此，許多美食饕客的懷舊文章都還會提到，這家館子的涮羊肉鍋是多麼美味。至於它是何時歇業消失的，整棟建築是何時拆除的，那就不得而知了。

但他記得，附近理教公所那個違章林立的大雜院，在一九七五年清明節晚上，被一把惡火燒得寸瓦不留。會印象深刻，是因為第二天的報紙頭條全是蔣公崩殂，前一晚驚天動地的雷雨與這把大火，常被人拿來穿鑿附會。

他也記得，小學的時候跟父母上西門町，回程時總在離那家館子的不遠處等公車。

但為何對餐館內部全無印象？也許和父母從未在裡面用過餐，從來只是一遍一遍過其門而不入？

他不免疑惑。

母親走得太早，父親衰老得教他措手不及，否則，即使鏡頭裡出現了那個早已消失的招牌，他也不至於當下會被一種錯過的失落感，攪得心神不寧。

明明對他們來說，那就不是一間可以視而不見的普通飯館。

在它還沒消失前，父母卻刻意想要避開似地。依著童年記憶，他們在西門町吃過這麼多家館子，何以獨獨漏了這一間？

他反覆倒轉影片，只為了想多看幾眼，定格畫面中那個街角與懸掛的店招，卻又同時有種啞然失笑的感覺。好像又再一次領悟到，父母親之間，永遠還是有一些屬於他們夫妻間的事，做子女的無法理解。

（難不成，父母親也只有七十年前的那晚，去過那麼一次？）

失蹤半世紀後出土修復的短片，恰似童年與家的回憶之於初老的他。塵封膠卷無預警地被啟動，一會兒興奮，一會兒悵然。

想要和父親分享這個發現，念頭又幾度被打消。畢竟與九十六歲的老人相處，日常對話已不再是隨興自發的互動模式，倒更像反覆的文法練習，卻不再有進階的可能。

縱然已無法向父親解釋來龍去脈，甚至得到的也許只是空洞的凝思，他最後仍說服自己，只剩他二人的這個家，不可以沒有了回憶。

也不能沒頭沒腦丟出話題，還得先試探性地問路：爸，你和老媽結婚的時候，有沒有請喜酒？

聽到他的問題，老人簡單答覆了一個「有」。

父親的意識與精神狀態已經常如同接觸不良的電燈，有時乍亮有時閃爍不定，更多的時候是全無反應。所謂分享，或許只能算是他的一廂情願。

「在哪兒請的？」他接著問道，感覺自己像是正在小心地倒車入庫的駕駛，看看是否能引入正題。

父親開始恍神了。

「台北。」

台北哪裡？西門町嗎？還是火車站附近？

已經有好一陣子了，父子間的「聊天」都是以這種類同職場面試的方式進行。他得先假設一堆問題，然後像擲飛鏢似地丟出，等著看哪支最後會正中父親的記憶開關。

不確定自己當下是什麼心情，只是傻氣地覺得，如果能從老邁的父親口中，聽見那個他期待中的答案被確認，只剩父子倆的這個家，彷彿又因此可以活絡起來。

顯然父親有點被他連發的問題搞糊塗了，眼神裡流露出他熟悉的那種心有餘而力不足的無助。他只好把問題再縮小範圍，重新設計過。

「那個，你跟老媽結婚，有請喜酒，對吧？……是在哪家館子啊？……聚豐園嗎？……」

沉默。

「還是……致美樓？」

老相簿裡有一張父母的結婚照，僅此一張兩人頭像，連個全身留影都沒有。母親說過，和父親兩人當年窮得連在照相館多拍一張的錢都沒有。

母親從大陸逃出來的時候，長輩曾教她把幾個金戒指縫進鞋底，逃過了搜身盤查。成家後，父親一個人的薪水不夠用，孩子出生了要奶粉錢，生病了要醫藥費。就靠著這幾個金戒指在當鋪裡出出入入，成了救命錢。

（母親還說過，那時……）

少時對這些父母嘮叨的往事他都沒什麼耐心。

成年後，諸般細節常張冠李戴，甚至難以打撈。直到某件看似毫無相關的事件或景物，突如其來，像偵訊室裡那盞打在犯人臉上的燈，無情地照得他睜不開眼，彷彿也在拷問著他：你怎麼可以不記得？你怎麼會不記得？——

模糊有一個印象，母親有次隨口提起他們的大喜之日，只邀了幾個朋友寒酸地請了一桌客，就算是喜酒了。

父親那邊沒家屬，母親這方是被後母掃地出門，也沒有家長親友出席。時間是一九五三年，亂世中的兩個年輕人，國共內戰逃難到了台灣，自己做主草草辦了簡單的婚禮。

想必聽完他也就隨口搭問了一句，在哪兒請的客？如今卻怎麼想不起，是父親？還是母親？曾經給過他那個答案，他卻沒怎麼放在心上。

早就關門的老店，引不起他想多探聽的興趣，生怕他們又因為講到了那簡陋的喜酒與拮据的結婚照，莫名地一觸即發扯出其他的舊帳。所以他可能還自認老練識趣地，草草結束了話題，搞不好還暗自慶幸，躲過了未爆的地雷區。

看似無心丟出的往事，有無可能，其實是母親想要分享又怕自作多情，暗自希望最好是由兒子繼續發問？哪知當年被聰明反誤的他，竟繆解了他們的心思。

倘若，曾與他們重回過（或許名為致美樓）的那間餐廳，擁有這樣一份記憶，單身已老的他是否就能藉機重溫一下，久違了的闔家歡？

還是說，會因自己從未幫父母慶祝過結婚週年紀念，反而加深了遺憾與慚愧？

那一夜，在中華路上的這間館子裡，當同桌人舉杯向新郎新娘敬酒的那一刻，他們心裡還是充滿著激動與期盼的吧？

會不會想像起自己未來兒孫滿堂？有沒有偷偷彼此交換一個眼神，彷彿在問：真的可以嗎？

無論如何，這就是了。

兩個新人，一桌飯菜，牽起了接下來五十年同行的人生。

說不定父親的記憶真能被我的問題勾動，從他口中說出那個答案——

他在心裡暗自期盼著。

但老人只是繼續望著他，默不作聲。然後，才像是突然想起了什麼，開口反問：

「你為什麼還沒結婚？」

（沒結婚就沒結婚吧！）

單身也不是沒有好處。一個人出門，不用向任何人報備，也不需與另一個人協調，可以隨時更改目的地，自由決定要在任何地方停留，或轉身就走。比如，他就可以突然決定去看看，原來的理教公所被恢復成西本願寺後的模樣。

當然早已沒有「致美樓」的任何蛛絲馬跡。平交道也沒了，中華商場也拆了，現在這一區已變得十分寬敞幽靜。相對於兒時記憶中的商家櫛比鱗次、公車站牌林立的車水馬龍來說，現在這一段中華路著實顯得冷清。站在西本願寺草坪前，一眼就可以看到對面的國軍文藝中心，如今不再有商場建築阻隔視線。

小時候在對面的人行道上，總有著外省老兵模樣的小販在賣著一種叫「槓子頭」的堅實燒餅，以及叫做「散子」的油炸零嘴。

槓子頭沒法張嘴咬，得掰成小片泡進熱湯裡食用，像是帶有北方戰火記憶的某種軍糧。

散子則形似一把成束的細鐵絲，油膩膩的，類似油條概念炸麵粉而已，感覺就是一種窮人食物。

但是小時候沒什麼零食，什麼都好吃。買了槓子頭和散子回家，就像是當天去過了西門町的證明。

中華路是變得清爽了，車道更多了，但真的就比較現代化了嗎？他遙望著國軍文藝中心外形已難掩風霜的低矮構造，忽然有一種咫尺天涯的錯覺。

他當下便放棄了過街的念頭。

他這個年紀還不算老，但已覺得如今在中華路要過街是吃力而危險的一件事。曠野般的大馬路，模仿林蔭大道的概念，就比較氣派文明了嗎？從西門錢櫃走去捷運六號出口，綠燈六十秒根本不夠，每回看著讀秒倒數都心驚肉跳。

（年紀再大點，要怎麼辦？）

王爾德的名劇《不可兒戲》中有個令觀眾爆笑的經典橋段。貴婦巴夫人在面試未來女婿傑克時，問及對方家世。本是孤兒的傑克回答得有些閃躲：「我必須說，沒有雙親。」他用了 lost 這個字，所以可解釋為父母雙亡或父母不詳。

但劇作家聰明的設計，讓巴夫人聽成了第三種意思：「搞丟了？如果是遺失一個，那非常不幸，兩個都被你弄丟了，你這個人也太粗心大意了！」

（搞丟自己的父母，並非不可能。）

回程的路上，小黃司機正在播放一首當紅的流行情歌：而——我——在這座城市遺-失-了-你——

聽著那樣溫柔的吶喊，卻讓他想起了王爾德的一語雙關。

也許那不是純為搞笑，而是劇作天才看到了許多人從沒看到的，為人父母的無奈。

自己是什麼時候在這座城市裡遺失了他們的？

是在父母想要跟他分享往事他卻心不在焉的時候？還是他沒注意到，父母開始愈來愈不喜歡上台北的那一天起？

如今他終於能體會，曾經熟悉卻突然變得陌生的街道，讓人行走其中會是一種何其不安又悲傷的感覺。

就像如今的中華路之於他。

父母也必然曾因有感自己的腳步已跟不上而沮喪，因為台北已不是一個對中老年人需求來說方便友善的城市。

而他卻毫不在意。不知道自己的父母一直還站在往日的街角，看著他三步兩步就往對街跑去。

現在回頭才看見，他們還站在點心世界的門口，在致美樓前，在國軍文藝中心外。懷念他們的鹹豆腦嗎？喜酒當天請了誰呢？當年觀賞千載難逢的李麗華粉墨登場很興奮吧？

從來沒有問過他們的這些小事，一轉眼就再沒機會聽到回答。他還以為，曾帶著父母去東區吃知名義大利餐館，那就是一種體貼。他們應該會更開心吧，如果他願意放慢腳步，陪他們重回那些場景。

他就這樣搞丟了他們。不知道他們早已放手，看著他漸行漸遠而不再出聲。不是他在陪父母吃館子逛街，會不會反而是，他們在勉力陪伴他，因為不希望日後他會為了相處的回憶太少而自責？……

（無法認同那歌詞的小題大作，莫非表示自己老了？）

不要輕易說出「遺失」這兩字，年輕人。

等你到了我這個人生階段，你就會明白了。真正遺失了的珍貴之物，其實是很難啟齒的。

李麗華是何許人也？影劇版對她的殞沒表現得不關痛癢，還不如哪個周星馳電影裡的甘草配角過世，占的版面更大。

因為那是我們兒時的共同記憶啊！七年級的記者回答得理直氣壯。

他只能暗自心裡發出感慨。

你們還不懂得，光有同輩的集體記憶還不夠，忽略了父母那一代的集體記憶，其實也就是遺失了他們。

後來，當發現自己錯置了時空，那個致美樓未必就是父母大喜之日的同一間致美樓時，他忍不住猛搥了一下自己的腦袋。

他在紀錄片中所看見的中華路與致美樓，那是一九六六年。父母成婚於一九五三年，那時連中華商場都還沒動工。有可能搬遷過，也有可能畫面中的根本是復刻版。如果沒有確鑿的資料，集體記憶更有可能只是被倉促誤導後的拼貼。

遺憾的是，他到底還是沒能搞清楚，父母的那一桌喜酒是在哪間館子請的。

浮光

一九七九年隆重落成的獅子林商業大樓，位於早年被稱之為「電影街」的武昌街上。

那是台灣經濟即將起飛的前夕。

開幕時所標榜的，全台第一座觀光透明電梯，箱車吊在戶外升升降降，陽光普照的日子裡，搭乘時可鳥瞰半個台北市。而今觀光電梯早就停擺，所有的記憶都已蒙塵。

建築一直還在，但早已沒了當年的派頭。

一樓林立著手機店，二樓的商店街泰半只剩無人的黑洞，還在營業的少數，在門口展示著式樣老氣的各色禮服。

六樓以上的各層不知都存在著什麼勾當。與早它幾年開幕的來來百貨，兩棟樓中間曾有的那一塊花園中庭，更不用說，也已被各式攤販霸占。

曾經大樓裡除了百貨商場，還有金獅銀獅寶獅三家電影院，也就是後來的新光影城，如今除了配合金馬獎的外片影展偶見人潮外，整棟大樓的電扶梯感覺都乏人使用恐早已生鏽。

他環視著此地周遭的亂象，不勝唏噓。

沒有「來來」的好運，後來成了誠品生活館，改頭換面獲得新生。卻在網友點名的台灣廢屋鬼樓榜上，經常看見獅子林名列其中。

其實，就像早已船過水無痕的「人人百貨」、「洋洋百貨」、「力霸百貨」、「建新百貨」……這裡也不過就是台北眾多殘敗消失的百貨商場之一而已，它的落魄並不值得他這麼大驚小怪。

要不是因為，一九八八年，台灣是那屆環球小姐的主辦國，而這裡曾被環姐製作單位選為大會舞的拍攝景點。

初夏之夜，整條武昌街封街，獅子林中庭花園掛滿了紅色燈籠，霓虹閃爍襯底，七十幾國佳麗清一色著短旗袍，從中庭四方街口婀娜進場。電視機前的他幾乎都認不出，畫面中就是從小到大再熟悉不過的台北鬧市。

（難道只有我還記得，當時的盛況？）

獅子林大樓的位置，在日據時代原有一座「東本願寺」。

在戒嚴時代，此地成為讓許多人聞風喪膽的警備總司令部保安處，當年的政治犯都曾經在這裡遭受酷刑審訊，是白色恐怖最難抹去的標記地物之一。

戒嚴才剛結束，這場環球小姐的大拜拜即刻登場，張燈結綵，歌舞喧囂。現在回望，他突然才發覺，那豈不像極了一場為這個地點舉行的迎神消災法會？

驅了晦氣把一切抹去，不過換來了短暫的繁華，最後依然是荒涼。

熱鬧了幾個月的選美最後也成了一場遺憾。

最後后冠出爐，前五名竟然包括了泰國、韓國、日本，甚至香港，而獨缺「中華民國小姐」。在他的印象中，直到今天，國際選美史上還沒有發生過第二次，像那年由東方美完勝的奇觀。

可是自己的佳麗代表卻連前十強都沒摸到邊，這樣的結果讓地主國顏面盡失，媒體上砲聲隆隆：誰該為選出這麼失敗的參賽者負責？誰該為引進了這樣一場自取其辱的活動負責？有沒有弊案？要不要抵制？……

不知道是否這就是台灣人的性格。還是說，當年台灣也真的遠離國際舞台太久了，期待愈高，落空愈痛。殊不知，在接下來幾年，台灣電影不但會在知名國際影展上捷報頻傳，台灣運動員更會在奧運會上奪得金牌……

環球小姐選美算什麼？獅子林又算什麼？我們接下來還會有台北101！

轉眼到了千禧前夕。他赫然發現，身邊每個人都開始有著類似的口氣，完全不可同日而語。

但為什麼，二〇一四年法國名導盧貝松來台拍片所引起的關注與期待，感覺上與當年環球小姐來台舉辦並無二致呢？

他想到徐志摩的那兩句詩：你記得也好，最好你忘掉。

眾所期盼中，電影在台首映終於來臨，結果不是一片叫好，而是換來觀眾面面相覷的尷尬。大家引以為傲的101地景，在法國名導的眼中，不過是提供了跨國犯罪劇情所需的異地情調，陰暗中還帶著某種滑稽。

相形之下，至少，當年那一場全球佳麗群舞的風華，還算得上曾經短暫照亮了接軌國際的夢想吧？

只是那樣的獅子林不復見，就連台灣曾舉辦過這場國際選美都已被遺忘。

那年夏天的西門町，那頭武昌街正風光上演著環球小姐選美的大會舞，而這頭中華路上，堪稱早年台北設備最好的新聲戲院，卻被一把大火結束了它的命運。

它的前身新生戲院，原為《台灣新報》的舊址，在二戰後台北市新建築物中曾是最高的一棟，很快便與日據時代已有的國賓戲院（日文原名「芳乃館」）、後來被拆除改建為萬年商業大樓的國際戲院（「國際館」），以及如今已寸瓦不留的大世界戲院（「大世界館」）、中國戲院（「台灣館」）……重新帶動起西門町的人潮商機。

新生戲院在一九六六年小年夜遭大火摧毀，兩年後同一地點重建改名為新聲，再度隆重開幕，成為西片首輪的龍頭之一，卻在一九八八年再逢火災，從此走入歷史。

如果再算上幾個月後中華體育館也遭大火，一九八八年還真是個犯沖的險年。

總被祝融所忌的同一個地點，難免讓人有種感覺毛毛的聯想。

小時候他就常聽大人們口中新聲戲院廁所裡鬧鬼的傳聞。起因不外是當年的那一把大火，造成了位於同座大樓裡萬國舞廳的三十幾條人命。由於大樓中的逃生口都被堵死，而電影院建築整棟密閉無窗，那些欲逃無門的喪命者據說死狀悽慘。

他是不信這樣的傳聞的，因為死者中並沒有電影院裡的觀眾啊！雖然不信，但是「電影院鬧鬼」一直是他童年時代經常聽到的熱門話題。

在統治政權轉移的動盪年代，對那些必然存在的許多不公不義，藉著大火冤魂的繪聲繪影，是否投射了某種心裡底層的反撲？

曾經有人指出，西門紅樓附近的街道圖，整個就是一座八卦陣。當年日本人為何要如此設計，到底為了鎮什麼煞，驅哪門子邪，眾說紛紜。

其中一種說法，那片土地日據時期曾是刑場與墳場。更早期荷蘭人在台時，根本是一座亂葬崗。所以日本人在紅樓的後方又加建了十字排列的矮樓，欲藉中西聯手鎮邪。

（少了鬧鬼傳聞，所謂的「後殖民想像」不也變得太無趣？）

「紅樓劇場」在台灣光復之初，曾是各式地方戲曲的表演中心。之後，與公館的東南亞戲院終年聯映二輪西片，因票價低廉極受學生族群歡迎。他第一次看完全本三小時長的《真善美》就是在這裡。高一期中考後的週末，戲院裡座無虛席全是背著書包的高中生。當年的他們根本不知道，此地有男男情慾在暗流。

劇場右側巷內，當年黯窄壅塞難行，大概真的要上了點年紀的人才知道，那窄巷中其實別有洞天。

數家火鍋店暗藏其間，遠近馳名的沙茶口味，吸引了內行的南北饕客。去西門紅樓吃火鍋，在當年算得上時尚美食。

到了夏季，沒有冷氣的小店改賣涼麵與滷味。麻醬雞絲涼麵配滷雞爪雞翅，看似簡單，麻醬的獨門配方與那鍋深不見底的陳年老滷，口味仍舊傳奇。

長大後吃到的沙茶醬，就是沒有印象中紅樓火鍋街的濃香。好多年來，他一直以為是自己的懷舊幻想在作祟。

某年去台南演講，學生帶他去吃當地的一家知名火鍋店，入口當下他的味覺記憶甦醒。

這家打出的名號是「汕頭沙茶火鍋」。他恍然大悟：半世紀前的紅樓店家，應該就是大陸撤退來台，道地的汕頭人吧！

日新戲院二〇二〇年結束營業，中國、大世界、萬國早已改建，當年的台北首輪龍頭大型戲院，如今所剩只有樂聲、國賓與豪華，只不過都已改裝成小廳。新時代的年輕人再也沒機會體驗，一千多人同廳同看一部電影的那種熱鬧與興奮。

父母是影迷，養出了他這個小影迷。打從有記憶以來，他就是可以乖乖跟著父母坐在黑漆電影院裡的那種小孩。

在美國念書時，有時隨意轉到電視頻道上播放的老電影，片名沒聽過，劇情早就沒印象，但是等看了幾分鐘之後，他會忽然跟自己說：這電影我很小的時候看過。

再長大些，劇情都能看懂了，去西門町看電影更是令他雀躍的事。記得在樂聲戲院看了《大法師》與《屋上提琴手》，在新聲戲院看了《火燒摩天樓》，還有新世界戲院的《霹靂神探》……那些年，跟著父母追了一場又一場奧斯卡熱門大片，更為了看一場春節檔的《大白鯊》，他們在國賓戲院悶不透氣的狹長穿堂，輪流站崗排隊兩個多小時，還目睹黃牛與民眾大打出手。

印象最深刻的是在豪華戲院，看了應該是他生平的第一部歐洲藝術片，布紐爾的《青樓怨婦》。

當時他約莫才小學二年級，父母怎麼會帶他去看這部充滿性虐待場面的電影？或許他們事前也不知道會有這樣的情節？

但他可沒被女主角性幻想著被丈夫鞭打的畫面給嚇到，散場後還大咧咧問他們，為什麼她會做那樣的夢？

「因為她的丈夫不能人道。」

（不騙你，我媽真的是這樣說的。）

電影街不復當年榮景，一步步走向沒落。最慘不忍睹的是九〇年初就已停業的台北戲院，日後詭異地又被燒得精光。因為產權不清，三十年來原址徒留一座陰森髒亂的災後廢樓。

然而，曾有一部遠從南非進口的英語電影，演員都名不見經傳，卻在這間戲院獨家上映逾百日，於一九七四年創下首部影片在台北市票房破千萬的紀錄。看看廢墟現在的模樣，很難想像它也曾如此風光。

因為票房太好，他的父母也掩不住好奇，帶著他去觀賞了這部話題電影。仍記得大致的劇情，是一部催淚親情勵志運動片。但是片商為它取了一個絕佳的片名《奪標》，加上主題曲是至今歷久不衰的那首〈*My Way*〉，它的賣座幾乎純靠口耳相傳。

他也記得，看到電影最後，男主角在運動場上倒下再爬起來，全場觀眾竟然爆出一片掌聲歡呼。

能被激勵鼓舞是何等美好。《奪標》票房小兵立大功，觀眾花錢買票都是自動自發。只能說，大家愛看勵志片是那個時代的特色之一，每個人都想要上進，吃苦當吃補。

本以為，武昌街的沒落是在他出國之後才開始的，直到有一天，他翻到自己一九八七年發表的一篇小說，開場就設在獅子林：「……那天偶然經過獅子林門口，沒想到他們高中五專生的地盤，現在也有國中小鬼出沒。那氣味已經完全不一樣……」

那是什麼氣味？

他閉上眼，記憶中飄忽著一股懶散腐敗，那是安非他命、以及俗稱「浪子膏」的髮膠、混合著檳榔的氣味。

相較於八〇年代末，已成氣候的統領商圈是大學生白領階級的天下，那些混跡武昌街的孩子，怎想得到自己緊身七分褲加拖鞋的打扮，在二十年後會成為另一種流行的本土符號？

一九八〇年後，去西門町看電影已經多半是個人行動了，父母就這樣慢慢淡出了他的娛樂生活。

然後一九九〇翩然而至，整個城市進入了故事的下一章。

又豈止是原本的新聲戲院已重建為錢櫃西門館、火車不再從路上人們的眼瞳中穿梭而過而已呢？

消失的中華商場，消失的建成圓環，消失的重慶南路書店，消失的路橋，消失的老屋門牌、消失的老餐廳老店鋪……

最後一次一家仨同去西門町，是他回國任教後的第一個春節。大年初一，在那間位於中華路上、同樣業已走進歷史的總統戲院，看的是梅爾・吉勃遜主演的《男人百分百》。

幾個月後母親二度診斷罹癌，他與父母一同進電影院的記憶成為絕響。

陰晴

小時候的習慣改不了，東門西門，到現在他依然會順口在兩字的尾巴上，多添一個町字。

日本遺緒融入生活很正常。現在的台北城大致規模也是殖民時期的產物，連總統府都是續用日本總督府。能上溯到日本人百年前的建築，都已經被高度珍視列為古蹟保存。

反倒是某日在延平南路上，他偶見一塊刻著「清台灣巡撫衙門舊址」的石碑，當下還一愣：怎麼會有這樣的東西？

東西南北的四座城門，大概是少數僅存的開府記憶了。北門是承恩門，南門是麗正門，小南門是重熙門，東門是景福門。都是好名字。仍能教他感受得到當年建城開府的氣勢，壯闊中也溫柔地許下國泰民安的祈願。

除北門被完整保存，其餘城門如今也只見紀念性的重建物，但是至少，城門的所在地還被記得，城門名字都仍書於匾額高懸。

不過，他特別喜歡的名字，其實是唯一被日本人拆掉的西門「寶成門」。畫龍點睛預告了商業時代的來臨，感覺就像是升斗小民日日進出寶庫，平易卻不失莊重，討喜又不落俗套。

總難免有些毀壞再也無法恢復。劉銘傳的台北府，相較於日本人的台北廳，彷彿消失得更加快速，以及理所當然。

拜凱達格蘭大道上造勢遊行活動頻繁之賜，「景福門」大概是這些年大家最耳熟能詳的城門名。

從景福門前分進闢出的兩條主幹道，仁愛路與信義路，至連雲街為界，中間所切出的這一塊，日本人當年把它劃成了東門町行政區，更在區內大興土木，打造名為「文化村」的住宅區。

戰後，多數日本人留下的住宅都成了公家宿舍。

他的外祖父來到台灣後，任職台大法商學院教授，所以也分配到了位於紹興南街上的一戶，於是位於東門町那座日式老屋，就成了他小時候口中的「外公家」。

母親過世後，他曾單獨悄悄回到外公家門外徘徊張望。也就僅此一回，便不忍再重返。

外公在他出國念書的第一個寒假過世，母親在他回國一年多後也因癌症往生。明知那裡已是廢棄多時的空屋了，回到紹興南街的那個下午，他究竟是想尋找什麼呢？

好在現在科技發達，Google 的地圖與三百六十度街景，讓許多掛念卻又情怯的故地，能夠如實在螢幕上展開。

某天夜裡，他果真鼓起了勇氣，在搜尋中鍵入了外公家的地址，跳出的結果雖不意外，但還是教他暗自發出了一聲啊的嘆息。

全拆了。從巷口到巷底，已夷為一片平地。

不知道那是何時拍攝的，畫面中一大片緊臨仁愛路的黃金地段，仍在整地待處理的狀態，在那之後又會落入什麼人手中呢？

小時候他對外公家的印象就是四周多違章，只有那一排台大教授的宿舍特別清幽。

一條短巷裡，家家花木扶疏，小樹伸出籬笆牆外搭出沿路綠蔭。據說風水好，不少住在這裡的教授後來都入了閣當官。

與其說他的外公沒這樣的好運，不如說是因為他來台後跟政治一直保持安全距離。

早年留英的他一回國，三十歲不到便在湖南省府中任要職，少年得志，得罪了不少人。官場中的鬥爭讓他早生警惕，最後選擇安貧樂道當一個陽春學者，就在這間公家宿舍裡過完了餘生。

建物內部格局不過一起居間一會客間，但是前院大到可以再加蓋一房一廳，給後來成家的小舅夫妻入住。

後院更有一座荷花池塘，記憶中年年開花從沒怠工。

他出生的時候，外公已經七十開外了。

早年入住時添置的簡單家具，即便已知只能繼續在此長治久安，卻也不再更換，任它年復一年地陳舊敗損下去。從他有記憶以來，並不寬敞的住屋裡總是堆滿了雜物。

但是屋外的世界與屋內大不同，總是生意盎然。

最早住在這裡的日本人，他想像中可能是個單身藝術家，購得這麼大片土地，自己卻只住在占地三分之一的隅室，彷彿當初就是抱著擁有一座南國植物園的夢想，才讓他踏上了這塊陌生殖民地。

曾經，他讀到日本女作家梨木香步的小說《家守綺譚》，故事裡面出現河童躲在池塘、百日紅戀上人類得了相思病，木槿懷了閃電的孩子……這些不可思議的描寫，當下在他腦裡勾勒出的，就是外公家的日式庭院。

夏天的時候，院裡的野芭樂樹會結出多籽卻清香無比的纍纍果實，不吃簡直對不起它醞釀了一整年的這份驕傲。

秋天的時候蓮蓬也肥美，剝開後一顆顆白胖蓮子就可直接入口。新鮮蓮子仍有水分，像把荷花的最後餘香都打包，濕濕的，甜甜的。

茶花高雅，但總顯得有些心事。曇花則壯美中難掩不甘寂寞。

小時候他經常氣喘，母親常帶回外公院裡一夜怒放後的曇花，摘下嫩瓣燉冰糖要他吃下，據說有偏方療效。

外公一口湖南零陵口音，他從來都只能聽懂個六成而已。即使在上大學前，每週也會跟著母親去探視，但跟外公畢恭畢敬打完招呼後，他就是一個不存在的人，總是一旁安靜聽著他們父女用家鄉話交談。

外公從沒有什麼話要對他說。

視力還行的時候，外公每天還會讀一份英文的《中國郵報》。等他上了外文系，外公想要看看他的英文作文程度如何，也都是透過母親傳話。

除了那年，已經需要拄著枴杖的外公喊他跟著去後院。小五的他怯怯尾隨，走過低矮外搭的廚房，不曉得要幹嘛。

他們站在荷花池邊，不用說話，外公教他怎麼挑選蓮蓬與採蓮子。只見外公把蓮蓬夾在指間把脈似地，立刻就知道個中乾坤。

蓮子若不夠鮮嫩，蓮心會苦，不能吃。

為什麼蓮心會苦呢？果實不都是愈熟就愈甜嗎？但他沒有問出口。

外公把一顆現採的蓮子放進口中，沉默地咀嚼，如某種神話中因失群而獨自在人間的獸，那樣蒼老，如此漠然。

外公在大陸撤退前閃電又成了親，丟下了母親和出家剃度的元配。是外公的三弟帶著年方十五的母親逃難，終於在香港找到了外公。一旁那個母親得喊媽的陌生女人，卻並未流露絲毫團圓的歡欣。

來到台灣，原本在香港還寄讀念書的母親，現在也不給上學了，每天洗衣拖地煮飯，晚上就睡在日本人放神龕的小壁櫥裡。

不久母親被診斷出了肺結核，送進療養院，按照年齡住的仍是兒童病房。將出院時，外公乾脆不讓再進門，丟包在醫院。結果是一位世交長輩看不過去，出面把母親接去了他們家。

從此，她就沒再住進過紹興南街的那個家。

按著滑鼠，可以推進、拉遠、旋轉，在螢幕上繞著那一整片空地，東南西北勘看。

竹籬笆換成了鐵絲網，他一眼看穿外公家的庭園草木皆一併砍的砍，拔的拔。那間加蓋拆除後的地面上，隱約露出一些殘存牆墩。

畫面拉到後院，堅硬泥地上已沒有一絲池塘的痕跡。

一整排房舍幾乎清潔溜溜，除了靠大馬路口僅剩的一間矮房打死不退，門口掛著抗議布條，曬衣繩上晾著內衣。

四十多年前為建中正紀念堂，附近的違章曾被大舉掃蕩過一輪。還能有這種破房存活到近年，也算是奇蹟。

那簡陋的屋材和踞盤的姿態，此時卻在他眼前自動複製起來。

一戶兩戶三戶⋯⋯直到巷子內曾經存在過的那個小社會赫然歸位，本省外省，老兵阿嬤，車伕菜販，影影綽綽又開始了他們的日常。

一走進巷內，便聽見南腔北調的吆喝聲。

只要得閒，這群老街坊總喜歡坐在自家門前，留心著鄰里間所有的大小事。每次與母親的到訪，都在他們有志一同的矚目之下，像是有什麼祕密等著要分享似地，接二連三朝他們點頭微笑。

那個祕密，也許就叫做凍結時光。

斜陽餘暉中，理髮師上門來家幫外公剪髮，雜貨店歐巴桑總遣孫兒送來青菜，獨眼的老兵也會自願出力來整理庭院。因為他們的存在，小時候的他才從未意識到，人單祚薄形容的就是他們這種外省家庭。每回到來都會被那一張張的笑臉包圍，讓他誤以為，他們會永遠存在。

他們曾經在此發現了這個時空的漏洞，數十年如一日原來並不需要魔法，只需要快活自在的坐在家門口，就可以封住時代的滲入。

凋零，那是要等成年後才能懂得的字眼。

繼續在電腦螢幕上的街景裡漫遊。

滑過仁愛路與杭州南路口。曾經「老張擔擔麵」從此處發跡，不知道後來怎麼跑出這麼多同名版本？

由杭州南路轉進信義路，還未過金山南路的路段上，那裡曾經有一間「中心餐廳」。外公特別喜歡他們的牛尾湯，說是口味地道，可比曾在英國留學時嚐到的記憶。

他的西餐初體驗就從這間毫無裝潢、不講究氣氛的老店開始。只不過聽到牛尾兩字就覺得太有畫面感，所以他都只喝羅宋湯。

印象中他高中時這裡仍在營業，並且一直是少數提供外燴的西餐廳。西餐到府做成自助 buffet 形式，上一輩人的這種聚餐方式溫馨實惠。不像現在，外面餐廳的 buffet 永遠得人擠人排隊搶食。

記得有一道焦糖甜薯是他小時候的最愛，只有在外燴餐單上。奇怪後來在國外多年，他都不曾吃到這種口味。

那樣的料理手法，是出自某個接手了日本人生意的洋食學徒？還是輾轉從上海又流落台灣的白俄廚師？

都市重心仍偏西的時代，東門町仍帶有文教氣息，與西門町像是一對個性迥異的姐妹花，一個交友廣闊，一個居家賢慧。

整個台北城東，有好長一段時間都只有一家電影院，那就是位於金山南路，一九五二年開幕的寶宮戲院。努力撐到了上個世紀末，還是逃不過被拆除改建的命運。

連永康街早年都只不過是戲院後門的一條長巷而已，曾經戲院正門口才是東門町唯一堪稱熱鬧之地。

著名的老餐廳「銀翼」，早年並不在金山南路，而是位於與中心餐廳同一排店面的信義路上。

幾度遷店，也曾蕭條，重整旗鼓後落腳現址，算算也超過二十年了。在父親還未衰老之前，這裡是他們父子經常相約碰面之處。

一九四七年成立，前身是空軍新生社的餐飲部。店名取銀翼二字，像是要幫袍澤弟兄們永遠記住那場壯志凌雲之夢。

標榜川揚口味也有典故。起源於八年抗戰勝利後，在四川大後方待過的阿兵哥偶爾會懷念起四川菜，所以才有了這種川菜與江浙菜的奇異合體。

他與父親每次必點那幾道招牌小菜：維揚甘絲、肴肉、雞籠、紅燒下巴。那時母親已過世，尚未往生的哥哥長住海外，一個家就只剩他們倆。

父親當年隻身來台，而他也才結束多年的海外羈旅，兩個都獨立慣了的男人，說相依為命太濫情。看到店內客人多半都是花甲以上的中老年人，二人也只會意不語。

所以父子倆總是吃著懷念的老菜色，卻又刻意迴避聊起往事。

只有那一回，飯後他突然跟父親要求：待會兒去永康街吧，我從沒看過你和老媽新婚時住過的老房子，想知道現在變什麼樣了？

他們在永康街的觀光客人潮中推推擠擠，一路走到了金華街口附近。父親停下步來，四處打量了一陣，然後回他一句：找不到了。

那無奈的神情中還混雜了如釋重負，他看在眼裡，只能克制住進一步詢問的念頭，亦不再堅持逗留。

十八歲，差點被外公許配給一個年紀長她一倍的中年人做續弦，這回母親終於反抗了。一年後，與同工作單位的父親成家。

婚後過了許久，外公才終於現身小夫妻在永康街上的租屋。沒多停留，只有離去時十分嫌棄地丟下一句：「連個蚊帳都買不起，結什麼婚！」

聽不出疼惜，也沒有抱歉，更像是怕被拖累，彷彿是下了一道詛咒。

之後父親得到一份公費獎學金去歐洲留學，母親獨自帶著猶稚齡的哥哥守在台灣，半工半讀自食其力。多年後，父親終於和母親破鏡重圓，才生下了和哥哥相差十歲的他。

沒依父命成親，老公是自己選的，所以無論如何不能讓父親繼續看扁——這是母親當年咬牙讓父親留洋的原因嗎？

鬆開滑鼠，讓電腦畫面暫停在永康街與舊時寶宮戲院的交口。

記憶定格。他想起母親在訴說外公對她的嗤之以鼻時，那仍帶著些委屈而抿緊的嘴角。

他常有種感覺，再怎麼遷徙搬移，父母的某一部分，彷彿都仍遺留在永康街，鎖在那間已不存在的屋裡。後來的他們，都只能帶著不完整的自己，繼續著婚姻與為人父母所指定的人生。

科技可以將街景一個一個接合得天衣無縫，但是顯然這個設計仍不夠完美。因為每張照片拍攝的時間落差十分明顯，本來是豔陽高照，再往前移動個幾步之後，往往就會突然變成了烏雲罩頂。

於是，一路走來，這段網路上的風景始終忽明忽暗，陰晴不定。進退之間，天色瞬息萬變。

似回憶般，忽悲忽喜。

懂事後的他記得的是，母親仍然非常孝順。繼母不孕，領了一個男孩，他的小舅，最後逢年過節見面，還是一家人。

但是那個心結一直折磨著她。

愈是不被稀罕，反而愈要做得更多更好。娘家從未提供過一個避風港，卻一輩子如同被無形的鉛錘拴著。為了證明自己值得被重視，執意付出不妥協，生怕一放手就前功盡棄。

在那個逝去的年代裡，無論本省外省，總不乏像這樣人生落入矛盾迴圈的女兒們。說是認命，倒更像是不信自己會被老天爺放棄，往往卻又不可思議地堅強。

母親過世已滿二十年。

當年遺囑中有交代，要與外公外婆的骨灰一起安放在離東門町不遠的同個佛寺。每年清明與她的忌日前往祭拜母親時，他也會向與母親塔位隔個走道，同樣高度面對面的外公外婆鞠躬。

曾經無家可歸的母親，終於等到這一天，父女骨灰同棲一個屋簷下，完成了她回家的夢想。

總是一個人去上香。

出了佛寺，每次都要順著新生南路獨自走上一段，他的思緒才得以平靜。

血緣地緣，說到底都沒法提供我們最後的歸屬——他暗自沉吟著。來到這世上，漂流者恐怕才是我們真實的生命樣貌。相遇。道別。偶然。遺忘。錯過。這些就是一成不變的僅有風景。

就算行遍萬里路，一生中真正讓我們牽掛的停留，能有幾回？

但是絕大多數的人卻寧願相信，必定有某張正確的地圖藏在某處，可以帶領他走出這樣的舉目蒼茫。

如果可能的話，每個人都應該嘗試留給身邊親愛的人一張親手製作的地圖，上面標記出這一生行進的方向，並非倉皇混亂而是清楚堅定的路線。這樣的離去，是否會讓思念的人因此得到撫慰與平靜？

原本起伏的情緒，竟在這樣的念頭中開始緩和了下來。他沒有意識到，自己的嘴角也同時浮現了一抹鬱鬱的淺笑。

那就用文字留下這樣的一張地圖吧！縱然轉身後已沒有最後的家人，會因他的離去感到不捨。

然後他不知不覺就來到了新生南路與信義路口，永康街近在眼前，繞了東門町一大圈，回到原點。

突然明白，多年前的他徘徊在紹興南街屋竹籬外，到底想要尋找什麼？漂流的人生，即便看不到終點，但總是會有一個起點。

（全書完）

附錄一

寂寂長夏，悠悠晝午——我讀郭強生《用青春換一場相逢》

張瑞芬（逢甲大學中文系教授）

盛夏午後讀郭強生《用青春換一場相逢》，黏膩汗濕的苦熱裡突來一陣涼感。這書的清新微酸，蘋果光暈，令人想起林薇晨的《青檸色時代》。這青檸色（或氧氣系）男孩，青春作伴，從高中寫到大學，靜靜封印了一個時代，一個屬於五年級中段班台北人的時代。這很早以前王德威說的「阿都尼斯式」（Adonis）美少年，還是細微冷冽的，只是那自矜和潔淨染上了煙火微塵，變得可親起來了。

他是好看，還貴氣。去年（二〇二一年）在台中中央書局《作家命》新書發表會上，望之若四十許人，瀟灑帥氣馬丁鞋，調笑如昔一少年，對滿室書迷說「都六十的人了」。我驚異於這比女人更甚的誠實，台下有明道中學老同事來相見，談的是三十餘年前陳年往事，台中種種。

我瞅著這個不合時宜的人，一個「力拚亂世的孤家寡人」，感受到一種細如蟬聲的堅韌。一九八六至一九八七是郭強生台大外文系畢業後台中任教兼自我流放的一年，一個文壇新人躊躇滿志的短暫停留，未幾赴美讀書（一九八九至一九九九年），十年後返國，在東華大學又待了十年，三年前（二〇一八年）轉換教職，回台北侍親。這三次回到台北，從台中、紐約、花蓮所奔赴的台北，其實都是文學的原點，因為寫作而回返的原初之地，這一點珍貴的初心，從封底語「繪一張地圖，讓親愛的人知道你走過的悲歡，以及你始終堅定的方向」即可見出。

台北對郭強生，因之不只是人文地貌懷舊意味的「我的老台北」，而跡近心靈真正的原鄉。有一點悲涼，像《來不及美好》裡說的，「青春就像一場從未曾落幕的獨角戲，潮來浪去，總是留下我獨自在沙灘，繼續遙想著那片海」。在整個九〇年代的缺席後，台北滄海桑田，遠非舊時明月，郭強生的陌生與驚慌，使他想起父母老年的感受，找不到當年婚宴的餐廳（連是否辦過婚宴都未能確定），曾經賃居的永康街何在？亂世中渡海來台的二人，記憶彷彿被時代淘洗殆盡，一點殘渣都不剩了。浦島太郎一夜鬚髮盡白，像從一個魔咒中醒來，「但是我的城堡已沒有人在了」。

《用青春換一場相逢》文字精緻、收斂、篇章連接度極佳，輯一寫大學及以後數年，輯二寫高中及以前。很像是把上一本《來不及美好》未說出口的補強了，《用青春換一場相逢》裡許多心情都是《來不及美好》〈青春作伴西門町〉、〈那年夏天〉諸章的延伸，只是寫得更系統化也更細膩了。西門町萬年商業大樓、地下電影《魂斷威尼斯》，從林森北路條通夜生活與舞廳到中泰賓館 KISS 高檔裝潢，校園民歌餐廳秀，五度五關獎五萬，白雪溜冰團和唐尼瑪麗合唱團。青春正盛，性與文學啟蒙交織，和他最早的小說集《作伴》中的慘綠年少的〈高三之外〉、〈飄在雨中的歌〉部分場景重疊（〈作伴〉中的同志愛戀還很隱諱，但青春凋亡的〈秋看〉可像極了張愛玲

〈花凋〉）。到了《用青春換一場相逢》〈寂夏〉中永康街麥當勞邂逅洋人的初次情慾探索，坦率得驚人，老男孩總也不老，那年夏天，窗外白熱光影中，整個城市都靜止了。

記憶力驚人，無疑是小說家過人稟賦，輯二〈依舊〉、〈過境〉、〈何夕〉寫舊城時光，寫得極好。那屬於父母時代的上海包子三六九、中華體育館看球賽，衡陽路宛如小上海，獅子林原是警備總部，永和特多軍公教（五十年前永和房價五萬，母親初買屋），樁樁件件，都成了深海船骸，無處打撈了。然而〈過境〉結合黃春明〈蘋果的滋味〉寫自己赴美的衝擊寫得真是嚴絲合縫，令人拍案叫絕。

郭強生偶作憤激之語，「這年頭，格調底線已經失守」，同齡人如今多媚俗淺薄，五陵衣馬自輕肥去了，這年頭，不合時宜宜徹底，讀者愛的也正是這份愚痴。我早先曾說郭強生是「捨棄優越，下到揭露傷口的卑微捨命。把最複雜難解的事，藉由穿透某種不可說的核心本質，將它呈現出來」，實則這種不依靠任何東西的誠實是很困難的。

用郭強生自己的話來說，愛一個人和愛上一個人不是同一件事，愛一個人是不受時空限制的，愛上一個人卻是由太多時空條件所構成。讀者之於心儀的作者，當近於前者。寂寂長夏，悠悠晝午，有一帖清涼劑可使眼目紓心，那真是造化，更是人間美好的相逢。

附錄二

那天的陽光——懷念父親郭軔

郭強生

爸爸生前最後一次舉行畫展，是在二〇一三年。

印象特別深刻，不光是因為次年動完一次攝護腺手術後，八十八歲的他，身體突然就大不如前，然後就是接下來我做為唯一親人照顧者的十年人生；更重要的是，他在台上致詞時所說的一段話。

我花了四、五十年的時間，好像才在藝術中找到了一些東西，才真正了解創作是怎麼回事。他說。

這個畫展比起一九七九那年他在歷史博物館舉辦的「五十回顧展」，其實是小巫見大巫了。那回整整兩層樓的展場，展出了一百多幅作品，當時的謝東閔副總統都專程蒞臨觀展。彷彿不過轉眼間，眼前的老爸就這麼老了，三十多年就這麼過去了。

那是我第一次深刻地感覺到父親的寂寞，同時被他內心對藝術創作仍然如此執著而震撼。我看到的，不只是一位即將需要有人在身邊照料生活起居的父親，而是一位可敬的藝術家，一個潛移默化了我大半生的前輩。

時間來到二〇二三年的九月二日。

一大早因颱風逼近不斷降下傾盆大雨，卻在午後突然風雨驟停，神奇地開始放晴。

這不是一場告別式。

我要在現場展出父親的畫作，這是父親的另一場畫展。

在歷經了近一個月的孤立慌亂後，我雖然身心瀕臨崩潰邊緣，但這個聲音卻一直清晰。我相信這一定也是老爸希望的方式，用他的作品跟來送他一程的人做最後的話別。

特別挑了三首歌曲，做為現場的音樂演奏，那更像是，屬於我與老爸之間最後的對話。想告訴父親，從一個天真稚童，到如今奮游於人生酸甜苦辣做為藝術家之子的我，是這樣一步一步認識他的。

第一首歌曲是劉半農作詞、趙元任作曲的〈教我如何不想他〉。

大概是我小學一、二年級的時候吧，第一次聽到父親在某個活動上用他聲樂的歌喉演唱了這首曲子。這是我認識的第一個父親，一個多才多藝的人。

父親的歌聲有部分遺傳給我，而同時他在文學戲劇電影方面的才華，我日後也同樣受到薰陶。

從小家裡總有各種文學作品供我囫圇吞棗，一家出了母親與我兩個寫作的人，父親功不可沒。在投稿階段摸索的母子兩人，沒有給父親先過目給出意見的作品是不會出手的。

父親獲頒西班牙皇家藝術學院院士，從歐洲歸國的那年，中央電影公司的龔弘總經理正雄心勃勃要發展國片，啟航首發的《蚵女》與《養鴨人家》，便延攬了父親擔任藝術指導，父親也因此先後榮獲了兩屆亞洲影展最佳藝術指導獎。

如今或許只有在民國五十年還是中影美工、而後成為大導演的王童，才記得我的老爸對台灣電影發展做出過什麼貢獻了。

王童導演不只一次在訪談或自己的回憶錄中提到，他第一次被父親為李翰祥某部古裝片設計的布景嚇到：明明是占地不大的影棚，卻用了「偽透視法」把整個景深與視野拉大了數倍！在國片發展的草創初期，父親引進了許多當時片場還不知的做法。銀幕上幾秒鐘的一個畫面，卻都是藝術指導的心血。童年的印象中，就常看見父親為某部電影的布景服裝，用水彩畫出數十張的草圖。

但是老爸的多才多藝都只用在了貼補家用上，屬於自己的純粹藝術創作才是他念茲在茲的。在眾人還不懂藝術指導這個角色重要性的年代，他為台灣電影犁出了一方田畝，然後揮揮袖不帶走一片雲彩。

第二首我為父親所選的歌曲是〈綠島小夜曲〉，因為母親曾說過，在追求她的時候，父親曾對她唱過這首情歌。這是我認識的第二個父親，他是一個勇於追求的人。

其實不光是老爸，老媽又何嘗不是如此？在那個兵荒馬亂的年代，兩個流離失所的孩子來到台灣成了家，卻沒有像一般人立刻為了謀生飯票而放棄自我的追求。一個每天只想著藝術的男人，以母親的條件，若從現實角度考量，或許會有更好的選擇。我想，除了因為母親也是一個對文學藝術有追求的人，沒有其他的解釋了。

我就這麼從小看著，我的父母如何在現實與理想之間不斷努力平衡。母親前半生一直是朝九晚五的職業婦女，卻也從沒放棄文學創作，利用上班家務與育兒的空檔，竟也出版了三本小說。

這對於後來也走上創作之路的我來說，父母立下的典範我一直銘刻在心。不要抱怨現實環境的不如人意，如果你是一個真正擁有更高度追求的人，沒有什麼可以阻擋得了你，現實二字只不過是不夠勇敢的藉口。

第三首歌曲，我選的是原本德弗札克《新世界交響曲》序章、爾後被填上中文歌詞的那曲〈念故鄉〉。

對於父母那輩經過戰亂、國破家亡的一代而言，人生中某種寂寞荒涼恐怕是洗不去的。

老爸老媽辛苦大半輩子，一個中年罹癌早逝，一個晚年只剩身邊一個沒成家的兒子相伴。我看見父親這最後十年的寂寞，卻也慶幸老爸還有藝術常在心中，有一個精神的原鄉在支撐著他。

照顧他的這些年，每當他精神體力還不錯的時候，便一定會想提筆寫書法，由我為他裁紙備筆研墨找碑帖。那樣不可多得的靜好時光，就像是，父子心照不宣地，共同寫下了相依為命最珍貴的記憶。

父親一生最敬佩的兩位藝術家，一位是徐悲鴻，一位是畢卡索。

考上北平藝專（今中央美術學院），受教於徐悲鴻校長所得到的賞識鼓勵，是老爸一生的轉捩點。徐悲鴻對父親影響至深，甚至讓我的文學人生也間接受到啟發。父親一生西畫國畫同時並進，正因為校長當年跟他說的一句：學西畫是為了把自己的國畫畫好！在我聽來，這也是讓我茅塞頓開的一句：讀西洋文學，是為了把中文創作寫好！

徐悲鴻當年這種不講門派、不畫地自限的胸襟眼界，放在如今事事追求速成、派系資源才是王道的文化圈，畢竟有那麼點不合時宜的老派。但是父親一生對此信守不疑，我也彷彿注定承接了這份老派。

父親的寂寞，我懂。

「一個已經成熟的藝術家，一生中如果還有另一次的風格躍進與突破，那已經是非常難得；而畢卡索，這一生中至少經歷四、五次的翻轉蛻變。」

當我自己開始出書，他曾說過的這段話，一直被我擱在心上。

沒有親人家屬，只有父親生前的學生與關心我的友人，坐滿了整間會場。簡單的儀式之後，父親在二〇一三年所拍攝的訪談紀錄片開始播放了。

畫面中，這一生不曾放棄過嘗試與創新的父親，對著鏡頭，宛若仍在對我如此叮嚀著：

「一定要在生活中認真地尋找，這樣才能不斷找到新東西。」

那當下，我知道，身為藝術家之子不僅是血緣上的聯繫，而是老爸的文化DNA在我生命的深處，一直在為我發電。三代藝術工作者的傳承，既沉重，也甜蜜。

終於，老爸，你可以在你的藝術原鄉中自由奔放、盡情揮灑了，再不用被老年的軀殼禁錮、為俗世的紛擾煩心了……

藉著三首歌曲，今天我要將您在我生命中準備的三份禮物，分享流傳出去，您說好不好？……

向弔唁來賓的感謝致詞告一段落。

抬眼我看見，場廳外的走廊上，陽光正悄悄地移動。

一一二年九歌年度散文選

（完）

國家圖書館出版品預行編目（CIP）資料

用青春換一場相逢／郭強生著. -- 第二版. -- 臺北市：遠見天下文化出版股份有限公司, 2024.06
面； 公分. --（華文創作；BLC115）
ISBN 978-626-355-769-7（平裝）

863.55　　113006481

華文創作 BLC115

用青春換一場相逢

作者 — 郭強生

總編輯 — 吳佩穎
資深主編暨責任編輯 — 陳怡琳
校對 — 魏秋綢
封面設計 — 倪旻鋒
封面照片 — 50+ 提供／日日寫真 賴永祥
內頁排版 — 張靜怡、楊仕堯

出版者 — 遠見天下文化出版股份有限公司
創辦人 — 高希均、王力行
遠見・天下文化 事業群榮譽董事長 — 高希均
遠見・天下文化 事業群董事長 — 王力行
天下文化社長 — 王力行
天下文化總經理 — 鄧瑋羚
國際事務開發部兼版權中心總監 — 潘欣
法律顧問 — 理律法律事務所陳長文律師
著作權顧問 — 魏啟翔律師
地址 — 台北市 104 松江路 93 巷 1 號 2 樓

讀者服務專線 — (02) 2662-0012 ｜傳真 — (02) 2662-0007；(02) 2662-0009
電子郵件信箱 — cwpc@cwgv.com.tw
直接郵撥帳號 — 1326703-6 號　遠見天下文化出版股份有限公司

製版廠 — 中原造像股份有限公司
印刷廠 — 中原造像股份有限公司
裝訂廠 — 中原造像股份有限公司
登記證 — 局版台業字第 2517 號
總經銷 — 大和書報圖書股份有限公司 電話／ (02) 8990-2588
出版日期 — 2022 年 9 月 5 日第一版第 1 次印行
2024 年 6 月 21 日第二版第 1 次印行

定價 — NT 400 元
ISBN — 978-626-355-769-7
EISBN — 9786263557710 (EPUB)；9786263557727 (PDF)
書號 — BLC115
天下文化官網 — bookzone.cwgv.com.tw

天下文化

BELIEVE IN READING